Pas de fin heureuse

Du même auteur
dans la même collection

Ombre de l'ombre (n° 124)
La Vie même (n° 142)
Cosa fácil (n° 173)
Quelques nuages (n° 198)
À quatre mains (n° 227)

dans la collection Rivages/Thriller

À quatre mains
La Bicyclette de Léonard

dans la collection Bibliothèque étrangère

Le Rendez-vous des héros (n° 204)

Paco Ignacio Taibo II

Pas de fin heureuse

Traduit de l'espagnol (Mexique)
par Marianne Millon

Collection dirigée par
François Guérif

Rivages/noir

Titre original : *No habrá final feliz*

106, bd Saint-Germain - 75006 Paris

ISBN : 2-7436-0197-3
ISSN : 0764-7786

AVERTISSEMENT

Les faits relatés ici, de même que les noms des personnages, sont purement fictifs. Mais le pays, même si cela semble difficile à croire, est bien réel.

PIT II

... envoyez-moi des livres avec une fin heureuse,
que l'avion atterrisse sans incident,
que le chirurgien ressorte du bloc opératoire
[le sourire aux lèvres,
que les yeux de l'enfant aveugle s'ouvrent,
que le jeune homme envoyé au peloton soit gracié,
que les êtres humains se retrouvent,
que l'on fasse des fêtes, que l'on célèbre des noces.

Nazim Hikmet

Pays sourd, ville incendiée.
Le bûcher nous appelle,
maintenant
il n'y aura pas de fin heureuse.

PIT II

*À Paloma (La Pecas *), toujours.*

* Taches de rousseur. *(N.d.T.)*

1

Des temps nouveaux viennent vers moi. Se posent sur mes angoisses.

Piero

– Hé, y a un Romain mort dans les toilettes.

– Quand il aura fini de pisser, dis-lui de venir, répondit Héctor Belascoarán.

C'était une après-midi agréable, chaude, lascive, qui ne voulait pas en finir et s'accrochait à la fenêtre.

– Écoute, c'est pas des conneries, dit dans l'embrasure Carlos Vargas, un tapissier qui partageait le bureau du détective.

Héctor regardait les nuages glisser lentement sur le toit de son petit bout de ville.

– Il porte une lance ?

– Je te dis qu'il est mort !

Héctor abandonna le fauteuil en cuir dans lequel il avait passé l'après-midi et observa Carlos.

Le tapissier était appuyé au chambranle, l'air décomposé, et décrivait des moulinets avec un marteau.

En partie à cause d'une vieille blessure, en partie parce qu'il avait perdu une chaussure en se levant,

Héctor quitta la pièce clopin-clopant. Il passa la main dans ses cheveux et les ébouriffa, comme pour secouer sa torpeur.

Il tenta une dernière plaisanterie, sans réussir à détendre les traits crispés de Carlos :

– Il porte un casque ?

Un Romain mort dans les toilettes ?

Carlos ouvrit la marche dans le couloir miteux, et la lumière de l'après-midi s'introduisit par la porte, révélant les murs lépreux peints d'un vert douteux.

– Il porte un casque, dit Carlos en poussant la porte des toilettes.

Assis sur la cuvette des W.-C., un Romain à la gorge tranchée baissait la tête.

Le sang gouttait lentement sur le plastron en laiton, coulait sur la jupe courte, glissait le long des jambes poilues et venait mourir sur l'une des sandales. La lance se trouvait à côté du cadavre, qui était coiffé d'un casque surmonté d'un panache rougeâtre.

– Bon dieu, cette fois ils sont allés trop loin, gronda Héctor qui redressa doucement la tête du cadavre en la prenant par le menton. Une entaille longue de six à sept centimètres lui barrait la gorge.

– Qui ?

– Les salauds qui ont fait ça.

Le corps le regardait du haut de ses cinquante ans, avec ses yeux globuleux, sa barbe mal rasée, son double menton proéminent. Héctor ne put empêcher un frisson de lui parcourir l'échine malgré le ridicule de la situation.

Quand il lâcha prise, le menton retomba sur la poitrine, dissimulant partiellement l'estafilade. Héctor avait la main maculée de sang ; il s'essuya sur la jupe du Romain.

– Et maintenant, qu'est-ce qu'on fait ?

– On le fouille, répondit Belascoarán.

Et il passa la main sous le plastron métallique couvert de dessins de dragons et d'épées. Il retira quelques objets de la poche d'une chemise dont les manches avaient été décousues pour donner un air authentique au Romain.

– Des clés de voiture, cent pesos, un prospectus de tailleur, une facture d'électricité... récita-t-il en glissant chaque objet dans une poche de son pantalon au fur et à mesure.

– Il a quelque chose dans les chaussettes, fit remarquer Carlos.

Héctor retira une carte d'identité plastifiée de l'une des chaussettes, dont la présence était fort incongrue dans des sandales. Il la fourra dans sa poche sans l'examiner.

– Allons-y, vieux.

– Où ça ?

– Aucune importance, j'ai pas envie de moisir ici. Je supporte pas qu'on tue des Romains dans nos toilettes.

Marteau en main, le tapissier se dirigea vers le bureau. Héctor lui passa devant.

L'après-midi était moribonde. Il récupéra sa chaussure sous le fauteuil, prit son veston au portemanteau, son .45 automatique dans le tiroir, et le replaça dans l'étui qu'il portait sous l'aisselle. Ils fermèrent la porte à clé.

On entendit le ronronnement de l'ascenseur.

– On prend l'escalier !

– Ça serait pas Gilberto ?

Les deux hommes regardèrent à travers la grille. À l'intérieur, une chanson brisa le mélange de respiration contenue et de bruit de moteur. Une *ranchera*[1], clamée à tue-tête d'une voix de fausset.

– C'est Gilberto, dit Héctor. Carlos confirma.

– Quoi de neuf ? fit le plombier, troisième membre de l'étrange communauté du troisième étage de la rue Artículo 123, lorsque les portes de l'ascenseur s'ouvrirent.

– Allons-y, dit Héctor.

– Pourquoi t'es si pressé, j'arrive avec l'envie de bosser, et après on viendra dire que je suis un glandeur qui ne veut pas... tenta d'expliquer Gilberto tandis que les deux autres le repoussaient à l'intérieur et appuyaient sur le bouton du rez-de-chaussée.

– Il y a un Romain mort dans les toilettes, dit Carlos.

– Un de ces foutus Romains ? demanda Gilberto Gómez Letras, l'air intéressé.

– Un de ceux qui ont une putain d'estafilade de là à là, répondit Carlos en traçant une ligne sur sa gorge.

– Déconne pas, je suis sûr que vous me cachez quelque chose... laisse-moi deviner, vous aviez engagé une secrétaire sans me le dire et vous vous la faisiez à tour de rôle...

Silencieux, Héctor se cala dans un coin. Qui pouvait bien vouloir le mêler à une histoire de meurtre et pourquoi ? À quoi ça rimait d'assassiner un type déguisé en Romain ? Ça n'avait pas de sens.

– ... et je parie qu'elle s'appelle Graciela Putricia.

La porte de l'ascenseur s'ouvrit et les trois hommes se retrouvèrent dans la rue, Gilberto essayant de convaincre les deux autres de le laisser remonter au

1. Chanson populaire mexicaine. *(N.d.T.)*

bureau pour faire connaissance avec la nouvelle secrétaire.

Slalomant entre les voitures, ils traversèrent pour aller au café d'en face, tenu par des Chinois. Héctor choisit un box duquel on pouvait surveiller l'entrée de l'immeuble. La nuit tombait.

– Deux cafés au lait, des *donuts* et un chocolat... commanda Héctor. Le patron fit oui de la tête. Et puis laissez-moi réfléchir un peu, ajouta le détective.

– Écoute, mon vieux, c'est pas des conneries, il y a un Romain mort là-haut.

– Et pas de Romaines ?

– T'es pas assez raffiné pour ça, t'aimes que les putes de Netzahualcóyotl[1], les Romaines c'est pour les mecs qui ont de la classe.

La circulation était plus dense. Au milieu de la chaussée, deux cireurs de chaussures jouaient au foot avec une balle en papier.

– El Gallo vient d'entrer, empêchez-le de monter et ramenez-le moi, dit Héctor.

Le tapissier, qui occupait le siège extérieur du box, sortit en courant ; une voiture freina brusquement.

Un instant plus tard, Javier Villarreal, alias El Gallo*, ingénieur des égouts de la ville, avait rejoint ses trois comparses.

– Qu'est-ce que c'est que cette histoire de Romain clamsé que ce crétin vient de me raconter ?

– Tu me crois, si je te dis qu'il y a un Romain mort dans les toilettes ? demanda Héctor.

– Qu'est-ce que je peux faire d'autre ?... Depuis deux ans que je travaille dans ce bureau, j'ai eu droit à deux fusillades, une caisse de soda empoisonné, une

1. Banlieue populaire de Mexico. *(N.d.T.)*
* Le coq.

fête dans un jardin d'enfants, j'ai convaincu Don Gilberto de sous-louer le local à un orchestre de salsa, et un petit vieux a essayé de me poignarder... Alors un Romain de plus ou de moins...

– Il est vraiment mort ? demanda Gilberto.

– Un chocolat et des *donuts*, commanda El Gallo.

Le lendemain matin, très tôt, un coursier à moto vint apporter une enveloppe couleur manille au domicile d'Héctor Belascoarán Shayne. Il toucha son pourboire et repartit. Les yeux encore embués de sommeil, l'enveloppe à la main, Héctor laissa la porte ouverte.

Après avoir bu deux boîtes de jus de pamplemousse qui avait du dépôt, il s'assit à la petite table de la cuisine et décacheta l'enveloppe ; elle contenait une demi-feuille de papier avec un message tapé à la machine : *Ne te mêle pas de ça*, un billet d'avion pour New York à son nom, et une photo Polaroïd sur laquelle on distinguait très nettement un homme à la gorge tranchée.

À nouveau la mort.

Il perdit dix minutes à chercher son paquet de cigarettes qu'il finit par trouver sous l'oreiller, puis ferma la porte d'entrée et retourna voir la photo sur la table de la cuisine.

Les premières heures de la matinée, si creuses, si pénibles, le déconcertaient et l'emplissaient d'une sensation d'irréalité qui l'éloignait de lui-même.

Le cadavre sur la photo était plus jeune que le Romain, mais il avait des cheveux gris aux tempes, était coiffé en brosse, le visage carré, la mâchoire énergique. On n'en voyait pas davantage parce qu'il avait la tête rejetée en arrière par le coup de couteau. Il était assis sur une chaise, les mains attachées dans le dos avec quelque chose qui n'avait pas l'air d'être de la corde, mais plutôt du fil de fer.

Un policier, pensa Héctor sans savoir pourquoi, peut-être à cause de la coupe en brosse qui lui rappelait vaguement la police secrète, les portiers des hôtels de luxe, les prêteurs sur gages à l'entrée du mont-de-piété.

Bon sang, quel rapport avec lui ? Il n'était sur aucune affaire et venait de passer deux mois en contemplation quasi bouddhiste dans les rues du centre-ville, à faire d'interminables promenades, à farfouiller par-ci par-là entre les immeubles, à marchander dans les librairies d'occasion, observant les nuages ou la circulation depuis la fenêtre du bureau. Deux mois à attendre quelque chose qui vaille la peine de s'y consacrer. Et maintenant voilà qu'il lui tombait dessus deux cadavres et un billet d'avion pour New York, afin de l'empêcher de fourrer le nez dans cette histoire. Mais si on ne voulait pas qu'il y fourre le nez, pourquoi avoir mis le Romain dans ses toilettes et lui avoir envoyé la photo du second cadavre ?

Pendant qu'il se douchait à l'eau froide parce que le chauffe-eau à gaz était en panne, il prit une décision surprenante de sa part : il allait attendre un jour de plus avant de choisir de rester sur la touche ou de s'en mêler. Deux minutes plus tard, il avait changé d'avis.

– Va à New York toi-même, mon salaud ! dit-il en frissonnant de froid.

Il remonta prudemment le couloir et ouvrit la porte des toilettes dans le seul but de découvrir une évidence – pourquoi ? comment ? mais c'en était bel et bien une – : le Romain avait disparu. Il restait des traces brunâtres de sang séché, et une odeur indéfinissable qu'Héctor Belascoarán Shayne, détective privé, attribuerait désormais à l'odeur que la mort laisse derrière elle.

Il referma la porte et jeta un regard à ses compères qui attendaient avec curiosité à la porte du bureau, à l'autre bout du couloir, près de l'escalier.

– Il n'est plus là. Il est parti, dit-il sur un ton laconique avant de les rejoindre.

– Et moi, je l'ai même pas vu, se plaignit Gilberto.

– C'était un drôle de Romain, il portait des chaussettes, fit remarquer le tapissier.

Héctor laissa les deux hommes dans le couloir et passa dans son bureau.

La veille, il avait monté la garde jusqu'à minuit au café des Chinois parce qu'il était sûr qu'il allait se produire quelque chose dans ce genre, mais, vaincu par le sommeil, il avait dû abandonner. Après tout, et cela constituait un motif de satisfaction, son intuition était bonne.

Il prit son blouson au portemanteau et s'apprêtait à sortir quand le téléphone sonna. El Gallo Villarreal leva la tête de sa table d'architecte – sur laquelle il dessinait une femme nue assise sur un tabouret –, et jeta un coup d'œil à l'appareil.

– C'est pas un peu tôt pour toi, l'ingénieur ?

– J'étais venu voir le Romain.

– Désolé, il s'est tiré, dit Héctor en décrochant.

À l'autre bout du fil, Elisa, sa sœur, l'invitait à déjeuner. Il accepta sans se faire prier et sortit.

Une fois dans le hall, le froid lui caressa doucement le visage et un muscle se contracta, près de la cicatrice qui lui traversait l'œil devenu inutile à la suite d'une vieille histoire. La cicatrice était toujours là, toujours à lui rappeler à quel point c'était facile et rapide de se faire niquer, que c'était un foutu pays et un foutu métier.

Il interrogea méthodiquement les témoins éventuels de l'évasion du cadavre du Romain. Il n'eut pas de chance au magasin de disques, avec Doña Concha, la femme de ménage chargée de l'entretien de la cage d'escalier, ni avec le patron du café, mais fut couronné de succès en questionnant Salustio, le borgne qui tenait le kiosque à journaux au coin de la rue.

À six heures du matin, deux hommes étaient sortis du bâtiment avec une caisse de la taille d'« un petit réfrigérateur », et l'avaient chargée dans un camion de déménagement. À l'heure exacte où on lui apportait la photo du deuxième cadavre. Le borgne ne lui fournit pas le signalement des hommes, ni celui du véhicule. Il s'en excusa.

– Avec un seul œil, on voit que jusqu'à six heures du matin, collègue, et c'est encore pire avec la gueule de bois.

Héctor décida de se fondre dans la marée humaine pour voir si ses idées se mettaient en place au rythme de ses pas. Il alluma une cigarette et commença à trotter dans le centre-ville.

Quel sens cela avait-il ? Si on ne voulait pas qu'il s'en mêle, pourquoi lui envoyer des macchabées ? Bon dieu, qu'est-ce que ce Romain venait faire là-dedans ?

– Ixtapalapa ? On était en décembre et pas à la semaine sainte[1], ça n'avait rien à voir.

Il traversa le parc de l'Alameda, tout en observant un marchand de ballons suivi de deux enfants. En arrivant sur l'avenue Hidalgo, il s'approcha de la foule qui regardait un véhicule de police brûler suite à un court-circuit dans le moteur.

Deux agents en uniforme tentaient d'éteindre le feu sans que personne ne propose un coup de main. *Ah, les*

---

1. Ville où la population joue tous les ans à Pâques la Passion du Christ. *(N.d.T.)*

Mexicains, curieux et peu respectueux de la police[1], pensa-t-il quand la voiture explosa dans un magnifique feu d'artifice. Les badauds, une bonne centaine, applaudirent puis commencèrent à se disperser sous l'œil chargé de haine de l'un des policiers qui avait un Mauser entre les mains.

– Pas mal, l'explosion, dit un vendeur de billets de loterie.

Héctor acquiesça.

– Dommage que ces deux connards aient pas sauté aussi, dit un étudiant de la Prepa[2] qui passa rapidement près de lui, une pile de livres sous le bras, pour aller prendre le bus.

– Dommage, dit une vendeuse d'épis de maïs qui s'était fait extorquer son matériel et sa recette par les deux flics avant que n'éclate l'incendie, et qui récupérait son chariot et ses deux enfants.

– Dommage, répéta Héctor. Il alluma une nouvelle cigarette et partit déjeuner.

– Tu le connais mieux que moi. Dis-moi si j'ai raison de m'inquiéter, ou si c'est pas la peine ?

– Je le connais pas si bien que ça, j'ai du mal à communiquer avec lui ; lui et ses copains, ils emploient un langage codé que je comprends pas. Ils voient plus grand que moi. Moi, j'ai rien...

– Arrête, ou j'ouvre le guichet du bureau des plaintes, dit Elisa, qui participait à la conversation tout en apportant sur la table des assiettes, des verres, le sel et le poivre, le pain, des serviettes en papier et deux

1. Paroles d'un tango célèbre de Gardel. *(N.d.T.)*

2. Prepa Popular, université populaire créée suite aux revendications de 1968. *(N.d.T.)*

autres assiettes contenant une estouffade de viande odorante et appétissante. Héctor rit franchement pour la première fois depuis deux jours. Il avait les lèvres crispées à force de cacher ses états d'âme sous un demi-sourire.

– Il boit, et à part ca ?

– Justement. Pourquoi est-ce qu'il boit ?

– Ne tourne pas autour du pot, Elisa, petite sœur, tu crois qu'il a des ennuis ? Dis-moi ce que tu penses et on y verra plus clair.

– Il file un mauvais coton. Je l'ai vu deux fois cette semaine et je l'ai trouvé triste, abattu. Une des deux fois, il était à moitié ivre. Je suis retournée chez lui et il dormait à poings fermés, la pièce empestait le rhum. J'ai pas aimé ça.

– Tu en es sûre ?

– Je n'ai rien osé dire, ni m'en mêler... Je suis nulle, j'ose même pas parler à mon frère.

– Il m'arrive la même chose avec toi, idiote.

Elisa prit Héctor dans ses bras.

Ses taches de rousseur brillaient dans la lumière du soleil qui s'introduisait de biais par la fenêtre du petit appartement.

– Je l'ai invité à manger, il a dit qu'il ne pouvait pas, mais il a demandé de l'attendre pour le café.

– Je suis pas plus doué que toi. Sûrement qu'il ne...

Ils en étaient au café, à se rappeler les après-midi de leur enfance dans la vieille maison de Coyoacán, avec le grand-père Belascoarán qui racontait une version socialisante de la vie de Wild Bill Hickok, quand on sonna à la porte.

– Salut mon vieux ! hurla une ombre blonde couverte de taches de rousseur qui se jeta dès l'entrée dans les bras d'un Héctor Belascoarán Shayne déconcerté, intimidé mais joyeux.

Derrière Marina, il y avait Carlos Brian, leur frère. Plus jeune qu'Héctor de trois ou quatre ans, il avait hérité des vigoureuses caractéristiques irlandaises du côté maternel, une tignasse rousse et des yeux extraordinairement bleus. Extraordinairement bleus et fatigués, pensa Héctor en regardant pour la deuxième fois son frère, tout en essayant de faire lâcher prise à Marina.

– Caramba, le grand frère, dit Carlos en lui donnant une petite tape sur les joues.

– Bon sang, ça fait combien de temps ?

– Deux ans déjà, ma petite.

Ils passèrent dans la pièce qui servait de salle à manger et de chambre d'amis à l'occasion. Elisa était retournée faire du café à la cuisine.

– Qu'est-ce que tu fabriques en ce moment, frérot ? demanda Carlos.

– Le pire, c'est que j'en sais rien.

Héctor hésitait à se lancer dans l'histoire du Romain mort dans les toilettes du bureau et de l'inconnu sur la photo, ou à s'enfermer dans son mutisme habituel.

– Et vous deux, qu'est-ce que vous faites ? demanda-t-il, choisissant de quitter le ring.

– Un enfant, dit Marina en montrant son ventre légèrement bombé.

– Sans blague ? demanda Elisa qui revenait avec une cafetière fumante.

– Sans blague, répondit Carlos.

Héctor sortit ses Delicados longues à bouts filtres et en alluma une.

Je vais avoir un neveu, pensa-t-il. Il ne tenait pas à rentrer dans la vie de Carlos, il avait assez de problèmes comme ça. Soudain il se rendit compte qu'il était fatigué lui aussi. Fatigué de quoi ? se demanda-t-il.

– Moi aussi je suis fatigué, dit-il, comme si on allait lui fournir une réponse après cette déclaration.

– Qui est l'autre ? demanda Carlos.

– Toi, bien sûr, intervint Elisa, le tirant d'affaire.

– Si vous vous lancez dans une partie de ping-pong familial, je prends mes cliques et mes claques et je me tire, dit Marina.

– Engueule-le franchement, Elisa, renchérit mollement Héctor en prenant une tasse de café, fuyant le regard de son frère.

– Moi ? C'est moi, l'objet de la réunion de famille ? demanda Carlos en riant. Je croyais que c'était toi, dit-il en désignant Héctor.

Marina s'était assise dans un coin de la pièce, sur le tapis.

– Ça pourrait aussi bien être moi, acheva Elisa, qui regardait Marina en souriant.

– Qu'est-ce qui se passe ? demanda Marina.

– Je crois qu'on est une famille un peu bizarre, dit Héctor.

– Vous savez ce que vous êtes, une sacrée bande d'idiots, dit Marina.

Tandis qu'ils buvaient tous quatre leur café, un lourd silence s'établit. Dans la rue, un enfant traînait un chariot et le grincement des roues leur parvenait à travers les vitres.

– Il y a quelque chose, n'est-ce pas, Carlos ? demanda Elisa. À part l'enfant, bien sûr.

– Ouais.

– Parle-leur, bon sang, on dirait que tu n'as pas confiance en eux, dit Marina en le regardant droit dans les yeux.

– Une autre fois, aujourd'hui c'est pas le moment, dit-il en se levant. Merci pour le café, petite sœur. Tu viens ? demanda-t-il à Marina en sortant.

Cette dernière se leva, embrassa Elisa, prit la main d'Héctor et la caressa.

– À bientôt, vieux. Si un jour tu as encore besoin d'une secrétaire, n'oublie pas que ça m'intéresse et que je suis au chômage.

Elle partit en laissant la porte ouverte. Héctor resta à contempler le couloir en silence, en pensant qu'il les aimait bien.

– On dirait que le conseil de famille a échoué, dit Elisa. Du café ?

– Non, il faut que je me secoue. On va avoir un neveu ! Tu te rends compte ?

Peut-être parce qu'il savait que la solitude ne tuait pas, que seuls les solitaires mouraient, Héctor avait appris à se déplacer dans la ville absorbé dans un intense monologue intérieur auquel il accrochait des bouts de paysage urbain, des décors de Noël, des visages, des cris, des bruits, des taches de couleur, des impressions.

Sans savoir comment, il regagna le centre, à l'heure des courses dans les magasins, des coups de klaxon et des lumières de tous les côtés. Il se sentait enveloppé par le tumulte ; anonyme au milieu de l'agitation, il rassemblait ses forces dans sa tête. En passant par la rue Donceles, il tomba sur un vieil homme qui jouait *Veracruz* à la clarinette, dans les snacks et les bars. Il but un soda dans un snack tout en écoutant la chanson et en observant la relation cruelle qui s'établissait entre le musicien et son public. À la fin du morceau, Héctor suivit le vieux dans un bar où ce dernier reprit *Veracruz*. À nouveau, cette impassibilité sur les visages des spectateurs malgré eux. Le vieil homme n'était pas là, il n'avait jamais été là. Héctor le suivit dans un restaurant de fruits de mer, dix mètres plus loin, du côté de la rue San Juan de Letrán. Puis dans un local où l'on vendait des jus de fruits frais.

Pour la quatrième fois, l'aveugle fit passer son chapeau devant Héctor et pour la quatrième fois ce dernier y laissa tomber quelques pesos, les derniers.

– Excusez-moi, vous ne connaissez que *Veracruz* ?

– Non, mais une de mes fiancées était de là-bas, et je pense à elle en ce moment, répondit le vieil homme.

Héctor renonça à le suivre ; il ne lui restait plus qu'un billet de cinq cents pesos et il refusait d'entendre de la musique sans coopérer. Il passa à côté de l'homme qui reprenait le morceau sur une clarinette qui avait connu des jours meilleurs. À l'intérieur, personne ne prêtait attention à la musique, mais il y avait la queue pour réclamer de l'eau de *tejocote*[1], de toute évidence une nouveauté de l'établissement.

Le nombre de choses qu'on peut ignorer, pensa Héctor en voyant l'arrivage des bouteilles d'eau de *tejocote*, et il prit la rue Artículo 123 pour regagner son bureau.

Dans l'escalier, il sentit la fatigue des heures passées à trotter dans la ville lui tomber dessus.

– C'est calme, mon vieux, dit l'ingénieur Villarreal, alias El Gallo, absorbé dans ses plans.

– On n'a pas ramené un cadavre habillé en Netzahualcóyotl ?

– Aujourd'hui, on se croirait en vacances.

Héctor se dirigea vers son fauteuil et s'y laissa tomber. Les ressorts reproduisirent le savoureux grincement des mois passés à s'adapter à son corps. *Bon dieu, ce que j'aime ce fauteuil*, pensa Héctor.

---

1. Fruit de couleur jaune ressemblant à une cerise. *(N.d.T.)*

Que se passait-il ?

Héctor s'enfonça plus profondément dans le vieux cuir. L'air était imprégné par la fumée des cigares de Veracruz que fumait El Gallo. Dehors, la nuit était douce. À l'intérieur, le bureau accueillant avec deux cadavres à proximité. Une grande sérénité pour deux fantômes. Héctor ne voulait pas penser. Les idées s'arrêtaient avec le souvenir du balancement du vieux qui jouait *Veracruz*, les couacs de la clarinette, le son métallique au milieu du bruit de la circulation, la mélodie doucereuse et entêtante.

– Dis-moi, toi le scientifique...

– Juste en ce qui concerne les calculs du réseau des égouts. Pour le reste, je fais tout au pif.

– Moi c'est pareil, mon vieux... Je suis devenu détective parce que je n'aimais pas la couleur que ma femme avait choisie pour la moquette. J'ai eu mon diplôme pour trois cents pesos, et j'ai jamais lu de romans en anglais. Quand quelqu'un parle d'empreintes digitales, j'ai l'impression qu'il s'agit d'une publicité pour déodorant. Avec mon pistolet, je ne vise que les cibles pas trop mouvantes, et je n'ai que trente-trois ans.

– Que ça dure longtemps.

– Quoi ?

– Tes trente-trois ans.

Il y eut un long silence. Héctor alluma une cigarette.

– J'y comprends rien, dit-il, et il jeta l'allumette par terre, renonçant à l'opinion scientifique de l'ingénieur.

Il devenait vraiment bavard. Il préférait son ancien style, Belascoarán Shayne le silencieux, l'énigmatique. L'autre visage de Belascoarán Shayne le paumé, l'embrouillé, toujours étonné. Le visage qu'il montrait.

Parce que, après tout, il était un chasseur d'images. De sa propre image. Parfois il faisait bonne chasse et rapportait un butin conséquent, chaud, proche de la réalité. D'autres fois, il passait la nuit accroché à une illusion, à poursuivre une ombre. D'autres encore, c'était l'ombre qui venait à sa rencontre et tout foutait le camp. La seule possibilité de survie était d'accepter le chaos et de faire un avec lui, en silence. Se moquer de soi-même, prendre au sérieux la ville, ce porc-épic couvert de piques, plein de doux replis. Putain, il était amoureux du D.F[1]. Un amour impossible de plus à ajouter sur sa liste. Une ville à aimer, à aimer follement. Avec fureur.

Le cerveau d'Héctor se nourrissait de tout cela et davantage – le froid, les *rancheras* qui montaient du magasin de disques, le toit des autobus qui passaient devant lui sans imprimer leur image sur sa rétine –, tandis qu'il observait ce mouvement de la terrasse de la rue Artículo 123. Il y était monté à la poursuite de la nuit, pour fumer une cigarette en regardant la ville d'en haut, prendre de la distance.

Il fallait attendre. Les assassins allaient bien finir par se montrer un jour. Il jeta sa cigarette et observa joyeusement la braise, petite tache de lumière qui descendait lentement les six étages.

– Il s'appelle Rantanplan, dit la fille à la queue de cheval.

Héctor, qui arrivait de la cuisine le couteau à oignons dans la main gauche et deux œufs dans la main

1. Distrito Federal, District Fédéral, nom de la région légale de Mexico. *(N.d.T.)*

droite, ne savait pas trop quoi faire du petit lapin qu'elle lui collait dans les bras.

Devant lui, souriante et imperturbable, fredonnant le thème de *Casablanca*, la fille à la queue de cheval lui tendait un petit lapin noir.

– C'est un mâle, ou une femelle ? demanda le détective sans s'écarter, lui barrant le passage.

– Un mâle, bien sûr, mon vieux. Je serais incapable de t'apporter une lapine.

– Bon, alors entre.

Héctor lui tourna le dos et regagna la cuisine.

– Mets-le disque qui est sur la platine, commence au deuxième morceau.

– Qui c'est ?

– Jerry Mulligan.

L'huile fumait, l'oignon était plus que blond. Il enleva un peu d'huile et cassa les œufs dessus. *La tortilla était déjà foutue*, pensa-t-il.

Les échecs séparent, la peur étouffe l'envie d'essayer et appelle la peur, la vie passe. Il fallait bien penser à tout ça, mais Héctor ne voulait pas remuer le couteau dans la plaie et se contenta de parler entre ses dents tandis que la tortilla cuisait lentement. Dans le séjour, la fille à la queue de cheval avait réussi à faire marcher le tourne-disques déglingué et le saxophone de Mulligan s'élevait en tornade pour tous ceux qui voulaient bien l'écouter.

– Tu veux que je m'en aille ?

– Quoi ?

– Je te demande si tu veux que je m'en aille ? répéta-t-elle en passant la tête par la porte de la cuisine.

Héctor hésita.

– Oui.

– Je te laisse le lapin, dit la fille, et elle disparut.

Héctor écouta le bruit de la porte puis sortit pour

aller la chercher, lui crier tout bas de ne pas partir, refrénant son envie de la prendre par le bras et de la retenir. Et la tortilla crama sans espoir de salut.

– Tu sais quoi ? fit Héctor.

Le lapin le regarda un instant puis se mit à ronger une de ses bottes.

– Je laisse tomber les femmes.

Devant une aussi macabre déclaration, le lapin releva la tête et dressa l'oreille.

– Je ne veux plus avoir de relation stable avec personne.

Le lapin lui jeta un regard sévère.

– Et tu veux que je te dise le pire, c'est que je le sais très bien.

Le lapin se retourna et pissa sur la moquette.

Héctor eut un sourire, rit, et se mit à pleurer.

Deux morts, une carte d'identité plastifiée, une facture d'électricité, une photo du deuxième cadavre, la possibilité de vérifier à l'agence d'où venait le message, un billet pour New York. Point. Ça n'était pas grand-chose, mais ça valait mieux que de pleurer dans un coin pendant que la maison s'aérait et ventilait dans la rue l'odeur de brûlé de la tortilla. S'il s'était mis tout de suite au travail, il aurait gagné un jour, au lieu de rester dans l'attente de Dieu sait quels étranges événements.

Il mit le volume de l'électrophone à fond et commença à réfléchir. La caresse de Mulligan lui remonta à l'oreille. Veloutée comme le poil du lapin, si ce dernier avait su jouer du saxophone.

Sur la carte d'identité, on lisait : LEOBARDO MARTINEZ RETA, et les trois noms ressemblaient à des bénéficiaires de réductions douteuses dans les boutiques de l'ISSSTE[1]. Pourquoi l'avoir mise dans sa chaussette ? Elle ne renseignait pas sur l'origine, le métier ou l'occupation de l'homme. Il n'était même pas évident que Leobardo fût le Romain égorgé. Il avait pu trouver la carte par terre, ce qui aurait expliqué sa présence dans la chaussette. La facture d'électricité était établie au nom d'une menuiserie située en haut du 250 rue Bolívar, et indiquait une faible consommation.

Une question le tracassait profondément. S'ils s'étaient donné la peine d'enlever le corps du Romain, pourquoi ne lui avaient-ils pas pris la facture et la carte après l'avoir assassiné ? L'agence, c'était du temps perdu, il écarta l'idée d'aller y faire un tour. Le billet indiquait une date : le lendemain, à midi.

Une bonne heure pour aller à New York. Une bonne heure pour ne pas y aller. Mulligan était maître de l'air, le lapin de la moquette. Que mangeaient les lapins ? Et les saxophonistes ? Et les Romains morts ? Et les détectives qui avaient laissé brûler leur tortilla comme des cons ?

1. Magasins réservés aux fonctionnaires. *(N.d.T.)*

2

Le sang ne s'arrête jamais avant d'avoir rejoint la rivière.

Alberto Hidalgo

– Ils sont à votre goût, jeune homme ?

Héctor acquiesça. Sur la plaque métallique reposaient les cadavres des deux hommes égorgés.

– Ils ont été identifiés ? On a appris quelque chose sur eux ?

– Moi, ici, je ne suis pas très au courant, je veille juste à ce qu'on ne refile pas les morts aux *taquerías*[1], répondit l'employé en riant.

Héctor sortit un billet de cent pesos et le tendit à l'homme, qui le fourra dans la poche de son uniforme.

– On les a trouvés au même endroit, l'un à côté de l'autre et déjà à poil, vers le Molinito, sur la route de Toluca. L'officier de police qui s'occupe des formalités chez nous est venu les voir, puis un autre est arrivé, un gros bonnet, un chef de section. Celui-là, je ne l'avais jamais vu. Le cas a dû les intéresser... Vous

1. Local où l'on vend des tacos, galettes de maïs garnies de viande et de légumes. *(N.d.T.)*

avez remarqué qu'on leur a tranché la gorge presque de la même manière, et l'un des deux a des marques aux poignets, comme si on l'avait attaché...

Héctor observa les deux cadavres nus, déjà à moitié cyanosés. Des hommes de cinquante ans, robustes mais abîmés par la vie, tous les deux bruns, avec des cheveux blancs, l'air triste, peut-être parce qu'ils étaient morts pour de bon. Deux morts familiers, puisque l'un figurait sur la photo et l'autre avait perdu son casque de Romain.

– C'était le commandant chargé de l'enquête ?

– Le chef de section... Je crois qu'on l'appelle le major Silva... Une huile, sûrement ; il s'est contenté de jeter un coup d'œil, et il a dit : Mettez-les de côté. Il n'a pas examiné les marques. Moi, si.

Héctor revint de la morgue à pied. Il décida de siffler un air et s'arrêta un instant pour choisir. Il en voulait un qui chasse la mauvaise haleine et la vision des deux gorges tranchées. Une bossa-nova, une samba... Après quelques hésitations, il se décida pour *Corcovado* et se remit en route.

La maison de la rue Bolívar était entourée de bars, d'une bijouterie bon marché et d'un petit atelier où l'on fabriquait des patères en bois que l'on polissait à la vue des passants. En face de la maison, il y avait un atelier de ferronnerie où un ouvrier jouait au yoyo et s'éventait la panse, mise à mal par la chaleur de la fonte. Héctor Belascoarán Shayne, détective privé, était venu là pour étudier les lieux.

Il ne se sentait pas particulièrement intelligent, agressif ou audacieux. Simplement, il essayait de mobiliser ses sens, de se couler dans l'ambiance et de secouer l'apathie avec laquelle il avait rejoint la vie ce jour-là. Apathie renforcée par la vision des deux gorges tranchées.

Il se décolla du mur et se dirigea vers la maison. Il passa par l'entrée commune en sautant par-dessus deux enfants qui jouaient aux billes. Il prit un escalier en bois crasseux dont les marches craquaient. Un étage, un autre. La terrasse. Deux femmes lavaient du linge.

– La porte B, la menuiserie ?

L'une des femmes lui montra une porte, sur la terrasse.

Le bruit d'une scie à bande circulaire qui mordait le bois le conduisit vers le petit atelier. Deux hommes y travaillaient, torse nu au milieu d'une poussière de sciure, à toute vitesse.

– C'est pas la peine, on va fermer, lui dit l'un d'eux au moment où Héctor apparut dans l'entrée.

– La journée est finie, dit le chef d'une voix tonitruante ; on part à la veillée funèbre, dit l'autre, le sourire éblouissant sous une casquette de base-ball mise à l'envers.

– Elle a lieu dans la maison ?

– Non, à *La Numantina*. C'est juste pour les copains. Nous deux !

– J'étais un ami du patron, je peux venir ?

– Ici, si tu paies, tu peux, mon vieux.

Entre le premier et le troisième verre, Héctor, qui malgré ses efforts ne parvint pas à échanger le brandy contre une boîte de pamplemousse, commença à pénétrer dans les labyrinthes compliqués de la réflexion intime.

Si la vie est le laps de temps compris entre le moment où on vous soulève par les pieds et où on attend de vous entendre crier, et celui où les vieux amis boivent devant votre cadavre encore chaud, tout consiste à savoir combien de bons et vieux amis on peut se faire entre les deux. On évaluerait la vie au nombre d'amis qu'on parviendrait à obtenir et à conserver au fil des années. Ça compliquait les choses, parce qu'il s'agissait non seulement qu'ils soient fidèles, mais aussi vivants, au sens propre du terme. Et pour avoir des amis dignes, il convenait de vivre en termes de dignité avec le pays et avec eux. Il était évident que le patron et propriétaire de l'atelier de menuiserie avait échoué, si on jugeait sa vie à la paire d'alcooliques invétérés qui fêtaient aujourd'hui sans vergogne sa mort comme une aubaine. Et lui ? Combien de désaxés feraient de la veillée d'Héctor Belascoarán Shayne un motif de réunion, de nostalgie et d'amour ? Il commanda un autre verre et, sous le regard hostile du patron du bar qui devinait en lui un odieux paria de la caste abstème, le vida d'un trait. Puis il compta sur ses doigts. Il y avait ses trois voisins de bureau : Gilberto le plombier, Carlos Vargas le tapissier et El Gallo Villarreal, ingénieur expert en drainages souterrains. Ces trois dernières années, ils avaient jeté les bases d'une solidarité intime fondée sur la diversité de leurs métiers et de leurs attitudes devant la vie ; mais plus que de solidarité, il s'agissait d'une façon de prendre de la distance avec le pays et de s'écarter de la partie la plus moche de la patrie. Il y avait Valdivia « le Corbeau », présentateur à la radio, Elisa et Carlos, ses frère et sœur, avec qui il avait créé un modèle réduit de solidarité familiale façon mafia. Il y avait le curé de Culhuacán, le père Rosales, avec qui il s'était lancé dans l'affaire de la Basilique, le chanteur de rythmes tropicaux, Benigno Padilla, Beni le roi, à qui il avait sauvé la vie, les frères Reyna (le grand et le petit), des syndicalistes avec qui il avait travaillé, Mendiola le journaliste, ressurgi de l'époque de la Prepa, comme le Corbeau et Maldonado, licencié en droit qui aimait les drogues héroïques, poète perpétuellement au bord de l'abîme, à qui l'unissait la fidélité envers la présence de la mort. Point. Tous nouveaux ou retrouvés au cours des trois dernières années de sa vie aventureuse de détective. Il n'avait rien préservé d'autre de son passé lointain. Là, Héctor Belascoarán Shayne, détective, hésita : pouvait-il ajouter sur la liste les femmes qu'il avait aimées et qui l'avaient aimé ?

Les responsables de la veillée étaient les deux ouvriers de la menuiserie. Personne d'autre ne les avait rejoints au bar, particulièrement désert. Dans un coin, un étudiant buvait de la tequila, profondément convaincu que c'était ce qu'il convient de faire quand on se retrouve sans copine ; un vieux bureaucrate jouait au solitaire, et un trio composé des deux menuisiers et d'Héctor, descendait verre sur verre.

– Don Leobardo n'avait pas d'autres amis ? demanda Héctor.

– C'était un vieux salaud, excusez-moi si vous le connaissiez bien.

– Non, pas très bien.

– Il venait de Durango, il avait fait tous les métiers, et malgré ça il n'avait pas d'amis, vous voyez le genre.

– Pas un seul ?

– Disons qu'il s'entendait bien avec les deux tarés qui avaient fait partie de l'équipe de Zorak avec lui. Comment ils s'appelaient, tu te souviens ? demanda le plus jeune à l'autre.

Ce dernier éructa avant de répondre.

– C'était la grande époque de Leobar... Quand il bossait pour Zorak.

– Qu'est-ce qu'il faisait pour Zorak ? demanda Héctor, intrigué.

– Il lui soufflait sur les boules quand il sortait des flammes, répondit l'homme sur un ton énigmatique.

– Il lui passait la lime pour limer les foutues chaînes.

– Il fermait le tonneau dans lequel on le jetait dans le lac Chapultepec.

– Et c'est sûrement lui qui a accroché le câble de l'hélicoptère.

Il s'était établi un échange de répliques entre les deux menuisiers tandis qu'Héctor essayait de s'imaginer le dénommé Zorak, et d'établir les relations confuses qu'il entretenait avec le défunt.

– Il lui a sûrement tendu le câble, dit le plus jeune. Et il éclata de rire.

– Et on peut rencontrer ce Zorak ? demanda timidement le détective.

– Bien sûr, avec don Leobardo.

– Il est mort ?

– Tombé d'un hélicoptère il y a deux ans, en faisant des conneries en l'air.

– Il se prenait pour un ange, fit le jeune, déjà bien éméché.

– Et don Leobardo, qu'est-ce qu'il avait à voir là-dedans ?

– Il faisait le grouillot pour Zorak... Apportez-moi tout de suite mon manteau, don Leobar, trouvez-moi des couteaux aiguisés pour les enfoncer dans les fesses de mon assistant, et maintenant ça va être super, avec des menottes anglaises et les pieds attachés... Et Leobar y allait... Ils étaient tous deux de Durango, c'est pour ça que Zorak l'avait engagé.

– Qui étaient les deux autres amis ?

– Remets-moi ça, gamin, dit l'ouvrier plus âgé, qui se retira de la conversation et se dirigea le verre à la main vers le client qui jouait au solitaire.

– Le cousin de Zorak, il lui servait de garde du corps, un sacré connard qui se croyait très malin avec son .45 automatique...

– Et l'autre ?

– Il faisait l'administrateur, l'agent... C'est comme ça qu'on dit ? Maintenant il a une affaire rue San Juan de Letrán... Zorak a disparu et ça a été la fin... Tous les trois, ils passaient des heures à l'atelier à avaler des saletés et à croire qu'ils étaient arrivés, qu'ils avaient déjà les billets en poche, et paf ! Zorak meurt, finie la loterie... Et eux, pas gênés, ils criaient et buvaient de la tequila qui avait plusieurs années d'âge, mais ils n'invitaient personne... Allez, reprenez-en un, bon dieu !

Héctor accepta, quatre ou cinq verres au total. Le sol tanguait un peu.

– Comment s'appelle le bar ?

– *La Fontaine de Vénus*... Les filles sont canon. Putain !... Allons-y, collègue, ça me démange... cria le jeune au vieux en lui montrant sa braguette.

Héctor promena sa cuite solitaire dans la colonia San Rafael. Dans les brumes de l'alcool, les idées acquéraient une densité très particulière, tout était transparent, net. La question était de savoir ce que représentait ce tout. Qu'est-ce qui était différent ? C'était çà le problème, il ne parvenait à relier l'apparente clarté à rien. C'était comme d'être prêt pour rien. Tout en se moquant un peu de lui-même, pris dans les méandres de l'alcool, il passait entre les *taquerías* et les magasins de chaussures, de disques et de jouets, dans le bruit de la foule. La nuit était tombée. Des taches violettes salissaient l'horizon du côté de Tacuba. Soudain, Héctor s'arrêta, il se rendait quelque part, il ne traînait pas sans but ; la cuite et la promenade avaient un objectif, une destination : la maison de Mendiola.

Cette découverte le mit de meilleure humeur et l'entraîna plus profondément dans la nébuleuse alcoolique. Il arborait un large sourire, brisé par des éructations. Il descendit par la rue Miguel Schultz en se dirigeant vers l'entreprise de pompes funèbres. Mendiola vivait au premier étage d'un immeuble ; de la fenêtre de la cuisine, on voyait arriver et repartir les corps, les fourgons funèbres, les couronnes qui brillaient, les fleurs fanées, les cercueils patinés avec des plaques de bronze, les uniformes, les hommes et les femmes qui pleuraient.

C'était peut-être pour ça que Mendiola était comme il était ; pour ça, et parce qu'il était journaliste. Les deux choses se mêlaient en lui quand il allait se défouler à un match de lutte libre. Pour trente-cinq pesos, il économisait des visites au psychiatre.

C'était là qu'Héctor l'avait rencontré, deux ans auparavant. Tandis que le détective suivait le dauphin de Mille Masques, (entre les chutes, les doigts dans les yeux et les coups de pied dans le vide), Mendiola hurlait des insultes contre ceux qui le faisaient vivre, contre le directeur qui caviardait ses chroniques et lui commandait des articles de complaisance, contre lui-même parce qu'il l'acceptait. Sans rapport avec la lutte libre, ses cris ne détonnaient pas au milieu des hurlements collectifs, et formaient un chœur avec ceux des autres, comme la vieille d'à côté, qui criait :

– Écrabouille-le, Le Masque, tue-le, écrabouille-le, écrabouille-le ! C'est un vicieux ! Un vicieux !

Le souvenir était encore frais dans la tête d'Héctor quand le visage rond et boursoufflé de Mendiola apparut.

– Quoi de neuf, mon salaud ? demanda-t-il sur un

ton laconique. Et il se dirigea vers le lit, trébuchant entre les livres et les assiettes sales.

– J'ai pris une cuite, répondit le détective, et il se laissa tomber à côté du journaliste, envoyant valser par terre une assiette de viande carbonisée et moisie.

– Sans blague ? Tu ne bois pas.

– Je ne bois pas, je prends juste des cuites.

– Pour des raisons professionnelles ?

– C'est ça.

– Ah bon, comme ça, ça va.

– Comme ça, ça va quoi ? demanda Héctor. Et il se mit à rire.

– La cuite. Moi, je bois pour des raisons purement professionnelles.

– T'es déjà soûl, Mendiola.

– Totalement, Belascoarán. Totalement soûl... Pour des raisons professionnelles.

Ils éclatèrent de rire. Le journaliste se leva et se dirigea vers la fenêtre.

– Regarde, Belascoarán, un enterrement.

Héctor se leva, se prit les pieds dans une paire de chaussures et arriva en chancelant là où le journaliste l'attendait.

Sous le balcon, un enterrement commençait.

– Mendiola, qui était Zorak ? demanda Héctor, la mémoire stimulée par le cercueil d'un noir brillant.

3

Zorak

Tu croyais que la vie était un butin à prendre, sans doute le pays incitait-il à de tels excès idéologiques. Un butin qui se payait au prix fort de l'entraînement, de la souffrance, du manque ; de l'esprit patriotique genre mon-drapeau-flotte-en-haut-du-mât[1], et de pas mal de flatteries, de magouilles, de cirage de pompes.

Tu l'as cru tout au long d'une carrière dans laquelle les mystifications déplaçaient la réalité au point de se superposer totalement à elle et de l'occulter. Les mensonges remplaçaient les événements réels dans ta mémoire et devenaient peu à peu des vérités anciennes avant d'être remplacés à la longue, selon les besoins, par de nouvelles falsifications.

C'est pour cela que tu as eu vite fait d'oublier ton travail à bord du camion laitier au volant duquel tu avais parcouru les rues poussiéreuses de Durango, et que tu l'as effacé. Du même coup de gomme agressif et tranchant, tu as également effacé ton véritable nom,

1. Hymne au drapeau mexicain. *(N.d.T.)*

celui que tu ne reprendrais jamais : Arturo Vallespino González. Tu as effacé l'école primaire, la maison de la colonia Dos Aguas où l'on n'a jamais ajouté la pièce sur l'arrière (juste des projets, des putains de projets). Tu as effacé ton père, ta mère, tes frères et sœurs. Mais pas les visions fugitives qu'un chauffeur-livreur de lait peut avoir de l'intrusion de Hollywood à Durango : John Wayne sortant d'un hôtel, Robert Mitchum qui tire des coups de feu avec un fusil à canon scié sur un tournage, une manade de chevaux piétinant les rues de la capitale, deux dollars de pourboire que t'a donnés un assistant. Cela fut remisé au grenier des souvenirs fictifs et réels. Avec eux, dans un recoin, il resta un rêve auquel tu finis par croire. Celui où tu sortais d'un sauna et où tu tombais sur Jack Palance. Ce dernier te regardait fixement et t'insultait en anglais et toi, après avoir craché par terre, tu le giflais. Tu racontas plusieurs fois l'histoire, qui passa ensuite aux archives de la pseudo-réalité.

De toute façon, cela n'avait aucune importance, contrairement à l'alimentation équilibrée, aux légumes propres, aux verres de lait pleins et crémeux (seule trace du passé), plus tard.

Ta deuxième vie commença avec le Philippin. Il était arrivé à Durango pour fuir un crime passionnel qui lui traversait parfois les pores et le brisait comme une grande plaque de verre. Il venait de San Francisco. Tu l'as connu dans un bordel, à l'époque où il complétait ses prouesses au lit par des exercices de gymnastique, nu au milieu du salon.

Va savoir pourquoi et comment, tu as vu là l'extrémité d'un morceau de papier sur lequel était écrit ton destin, et tu as tiré dessus.

Le Philippin t'a appris à te servir de ton corps, à l'utiliser, à l'étirer, à lui donner de la consistance, à le rendre docile aux ordres, à le tanner, à en faire une machine efficace et résistante.

Ta vie s'est partagée entre un travail routinier, exécuté le matin à toute vitesse (la tournée du lait), et les après-midi consacrées à la gymnastique et aux exercices musculaires.

Le Philippin aimait transmettre son art et tu étais un bon élève. Après la gymnastique, vous êtes passés au karaté, et de là (encore le hasard) aux exercices d'illusionnisme. Le Philippin avait travaillé dans un numéro de magie où il assistait un contorsionniste hindou dans les bars californiens, et il connaissait de très bons trucs. Tellement bons que tu passais la nuit à répéter avec délices l'évasion du cercueil, de la camisole de force, le saut périlleux à travers le cercle de feu.

Un an et demi s'écoula au rythme frénétique de la gymnastique, et un jour le Philippin disparut. La cuite dura trois jours et la gueule de bois presque une semaine. Quand tu retournas à la laiterie, tu avais perdu ton travail et la carte qui te servait à pointer avait été déchirée par un sous-chef du personnel.

Tu t'es enfermé chez toi et dans le mutisme. Personne n'a su ce qui t'arrivait. Ni ta mère, ton père ou tes frères. Il faut dire que tu étais déjà plutôt bizarre avant, « ce couillon est redevenu comme avant, il ne boit pas, il ne mange pas de viande, que ses foutus légumes, il court tous les matins, il n'a pas de femme, il doit être pédé, il ne mange pas de viande, que des légumes, il ne fume pas, il ne boit pas, mon pauvre garçon, c'est pas une façon de se nourrir », et ainsi de suite.

Tu es entré à l'école primaire comme professeur de gymnastique à la faveur de la maladie du titulaire et là, tu as découvert ta seconde aptitude : l'incontinence verbale. Tu l'ignorais, elle était en toi et tu l'ignorais.

Les gamins de l'école t'ont aidé à la faire sortir. La première chose que tu y as gagnée a été un surnom : El Clavillazo[1], et beaucoup d'entre eux, aujourd'hui employés de bureau, ouvriers ou loueurs d'emplacements sur les marchés, policiers, conducteurs de machines et autres, si tu leur rafraîchis un peu la mémoire, se rappelleront un professeur de gymnastique qui avait fait un remplacement à l'école primaire pendant six mois et qui disait : le côté *roit*, nous allons faire quelques *éserciçes*, il faut savoir marcher pour servir la patrie et maintenant, *gimastique rimique*.

El Clavillazo, tu parles d'un surnom, relégué dans le grenier des souvenirs effacés.

Le hasard a fait le pas suivant et tu as atterri au club *Laderas del Norte*, où les femmes de fonctionnaires et de la bourgeoisie industrielle de Durango faisaient de la gymnastique. Là, tu as travaillé ton incontinence et gagné trois mille pesos par mois. « Regardez, madame, comme ça, simplement, c'est si facile de sculpter vos hanches si vous... »

Le douteux patriotisme bon marché de l'école primaire et le bagout d'amincisseur de bourgeoises normalisèrent et polirent la langue qui allait t'accompagner le restant de tes jours. Tes fidèles compagnons ne t'abandonneraient plus jamais.

Au club, tu as donné ton premier grand spectacle public (six cents pompes d'affilée sans un signe de fatigue) et privé (après, dans les vestiaires, tu t'es envoyé la femme du gérant de la coopérative vinicole de Durango, S. A.).

En 1967, à vingt-quatre ans, tu as décidé que c'était

1. Acteur comique des années cinquante. *(N.d.T.)*

l'heure du saut périlleux final, fatal. Et tu as disparu pendant un mois.

C'est à ce moment-là que Durango et Arturo Vallespino González sont morts.

Zorak est né dans un hôtel d'Irapuato, après une longue réflexion sur les noms et sur l'exotisme. Ce patronyme était accompagné d'un turban et d'un uniforme composé d'une veste à col Mao bleue et d'un pantalon blanc. Une cape dorée donnait la touche finale.

Un mois après la disparition d'Arturo Vallespino à Durango, Zorak passa à la télévision du D.F.

Si quelqu'un s'avisait aujourd'hui de dire que c'était un hasard et si tu étais vivant pour démentir, tu le ferais, tu dirais que ce fut une question de persévérance et d'assiduité. Mais c'était un hasard et tu n'es pas là pour dire le contraire.

Raúl Velasco avait un trou dans son émission dominicale, Maratón, et un type capable de faire mille pompes en public pouvait le combler.

« Et maintenant, voici devant vous l'incroyable Zorak, le plus grand de ces hommes qui cultivent le corps et l'esprit. » Tu es entré entouré de quatre hommes portant des torches et précédé par une jeune fille à moitié bigle que Raúl Velasco avait engagée pour parler à ta place.

« Le docteur Zorak a fait vœu de silence, et c'est son assistante qui va se charger de présenter l'exercice. »

La fille à moitié bigle (qu'on appelait la Mobiloil au studio, à cause de sa parfaite viscosité, c'est bien connu) a dit que tu allais faire une petite démonstration des possibilités du corps humain en exécutant mille pompes d'affilée en public, que tu arrivais de Bombay et que tu n'étais pas un charlatan, que tu avais obtenu un doctorat en médecine et suivi une préparation spirituelle très poussée.

Tandis que Raúl Velasco expliquait qu'on montrerait l'évolution de l'exercice au cours de l'émission et que le public présent dans le studio serait témoin du spectacle, tu as commencé par un exercice de concentration, organisé ton rythme respiratoire, et c'était parti.

Tu as fait des pompes pendant quatre heures, et tous les quarts d'heure, les caméras revenaient sur toi. Toi sur une chaîne nationale.

C'était la gloire, la télévision est la patrie, la télévision nationale, c'est le Mexique, tout le reste n'est que mensonge. Arturo Vallespina n'y était jamais passé, donc il n'existait pas. Zorak y passa pendant quatre heures, il existait donc beaucoup plus que tous les autres Mexicains, il faisait partie de la patrie.

Et tu as bien sûr effectué les mille pompes.

Mais tout n'a pas été une marche triomphale. Après ce succès qui t'a rapporté six mille pesos, une fois que tu as eu payé l'assistante bigleuse et les quatre abrutis qui tenaient les torches (la prochaine fois, prenez-en deux seulement), tu n'a plus trouvé de boulot. Tu n'avais rien à proposer, et même Raúl Velasco n'avait pas envie de te voir faire mille flexions d'affilée dans une autre émission.

Tu t'es retiré dans un hôtel miteux de la colonia Guerrero pour méditer, cette fois-ci pour de bon, Zorak. Et en regardant la télé toute la journée, tous les jours, tu as appris ce que c'était que le spectacle.

Il t'a fallu un mois pour proposer quelque chose qui en vaille la peine à Maratón.

La bigleuse est devenue mademoiselle S., et tu as brodé un Z écarlate sur la petite poche de ta veste Mao, le turban et la cape.

Le S signifiait Soraida, et quand on t'a dit que ça s'écrivait avec un Z, la lettre était déjà brodée sur son uniforme noir et il n'y avait pas moyen de changer. On garda le S.

Le numéro consistait à sortir d'une malle fermée et les cinq mille pesos que tu touchas furent pour le menuisier qui réalisa l'armature et les mécanismes nécessaires à ce numéro et aux suivants. Voilà pourquoi tu jeûnas pendant une semaine. Et non, comme le dit un imbécile de journaliste, afin de te préparer pour la représentation suivante.

Ce furent là les débuts de la gloire et des accidents. Brûlures au deuxième degré en passant à motocyclette à travers un mur de briques incendié à l'essence, fracture du bras en essayant de sortir d'un coffre-fort. Mais le public aimait ça, il en avait assez des héros qui s'en sortent sans une égratignure. Un héros qui se faisait souvent mal conférait au risque sa véritable dimension, donnait une tournure mexicaine à l'acrobatie, rendait la magie réelle.

Et tu t'es cassé la tête et le cul (le deuxième davantage que la première) pour exécuter des numéros de plus en plus inattendus.

Ta coordination musculaire était meilleure et ton assurance grandissait rapidement.

Tu as sauté à l'élastique, fait des tours d'adresse, des acrobaties à moto, des numéros d'endurance (tenir six minutes sous l'eau), du fakirisme (une grève de la faim de soixante jours en public, avec des caméras de télévision qui te suivaient chaque semaine et des flashes d'information qui commentaient chaque jour ton état).

Après la grève de la faim, tu as épousé mademoiselle S., qui avait décidé que sa carrière de mannequin pour une marque de collants était un échec et que son avenir était ton présent.

En 1971, tu triomphais, tu gagnais beaucoup d'argent, et ton seul problème était d'inventer un numéro compliqué par semaine. Tu as lu Houdini et Max Reinbach, Lilibal et le Dr. Lao Feng. Une touche ésotérique fournie par le fatras pseudo-bouddhiste que consommait mademoiselle S. (qui s'appelait en fait Márgara) pour la présentation de tes numéros est venue s'ajouter à ton ancienne incontinence verbale. C'est à cette époque que tu as eu une réunion déterminante dans ta vie avec Raúl Velasco, et que tu lui as annoncé que tu allais traverser la rue sur un fil tendu à cinquante mètres de hauteur, les yeux bandés, et que tu voulais parler.

L'idée du fil lui plut, celle des yeux bandés encore plus, le fait que tu parles un peu moins, mais il te devait bien ça. Le docteur Zorak ouvrit ainsi le feu verbal et oublia son vœu de silence.

La présentation fut le moment culminant de l'existence d'un ancien livreur de lait de Durango. Devant les caméras de télévision, tu as expliqué que tu étais mexicain (tu n'as pas donné ton prénom, tu avais juste un nom, celui de ta gloire : Zorak), que tu dédiais l'émission aux enfants, que tu souhaitais que les jeunes arrêtent de prendre des drogues et qu'ils laissent tomber la politique corrompue et les discothèques, que le Mexique avait besoin de corps sains et jeunes, et que c'était le chemin que tu leur proposais. Mademoiselle S. ajouta de sa propre initiative que tu étais le numéro un mondial et que tu recevais des télégrammes de félicitations des États-Unis (pas un seul) et d'Europe (un cabaret te proposait de venir travailler à Madrid).

Trois ans plus tard, tu mourais à la suite de la rupture du câble qui te retenait par le poignet à un hélicoptère lors d'un numéro promotionnel pour l'inauguration d'une nouvelle zone d'habitations. Une chute de soixante mètres, et la gloire s'arrêta instantanément.

Tu laissais derrière toi quelques numéros inédits dans l'histoire de la mise en scène du risque, et un nom qui fut commercialisé de façon éphémère par une marque de gâteaux (pour baptiser un nouveau gâteau à la noix de coco et aux amandes) et une revue de bandes dessinées qui s'arrêta au numéro trente-deux.

Voilà ton histoire.

4

L'esprit exalté,
le cœur joyeux,
il commence sa journée
en jouant sa vie.

Roy Brown

La violence du métro finit par dissiper la gueule de bois du détective, la transformant en un mal de tête lancinant. À la station Hidalgo, son wagon fut assailli par une foule de citoyens qui se seraient comportés comme tels dans d'autres circonstances. La horde poussa et comprima les voyageurs. Héctor fut soulevé de terre, compressé entre deux employés de bureau et un joueur de football américain qui perdit son casque et son sac de sport dans la mêlée. Descendre à la station Bellas Artes fut un tour de force. Ceux qui se trouvaient à l'intérieur du wagon repoussèrent les premiers rangs vers l'arrière et, jouant habilement des coudes, s'ouvrirent une brèche dans la muraille humaine qui tentait de leur barrer le passage. Une femme-policier dut subir le contact d'une centaine de mains tandis qu'elle criait : laissez descendre avant de monter !

Un détective privé qui pouvait supporter le métro

une douzaine de fois par jour n'avait pas besoin d'exercice, pensa Héctor. Et il se proposa de suggérer à l'entraîneur de l'équipe nationale de football d'emmener ses joueurs dans le métro au moins deux fois par semaine, comme prélude aux Jeux d'Amérique Centrale.

Il retrouva la circulation et les néons de San Juan de Letrán, jouissant de la douceur de la brise nocturne. L'enchantement de la ville le rattrapait une nouvelle fois, entre la migraine et le mauvais goût dans la bouche.

La Fontaine de Vénus n'était pas encore ouverte. Sur une douzaine de photographies placées en vitrine, les vedettes Suzane et Melina montraient des fesses avantageuses, l'une d'elles portait un costume de Cléopâtre et était entourée de Romains (! !). Sur la deuxième photo (celle où Melina ôtait une jupe faite de petites plaques de métal), à gauche et un peu en retrait, on voyait don Leobardo portant toge, plastron et lance. Le premier mystère venait d'être dévoilé.

– Elles sont bonnes, hein ? dit l'un des serveurs qui entrait dans le cabaret avec un diable plein de caisses de soda.

– Je veux parler au patron, répondit Héctor.

– Si vous voulez que je vous branche auprès des filles, ça va pas être possible... De toute façon y a pas de problème, elles marchent avec un billet de cent pesos... Elles portent même le costume de *Clipatre* et tout.

– Je viens traiter une affaire avec le propriétaire.

– Trop tard, mon vieux. Il s'est fait descendre.

Héctor traversa la rue et partit à pied au bureau. Le cabaret ouvrirait dans deux ou trois heures et il avait besoin de son fauteuil pour réfléchir.

Le bureau était éclairé, El Gallo travaillait sur ses

plans du réseau d'égouts de Mexico, fenêtre ouverte, la lumière de la rue éclairait sa table recouverte de papiers froissés.

– Quoi de neuf, cher détective des rues ?

– Quelles nouvelles, cher ingénieur ?

– J'ai un message pour toi de la part de Carlos. Il y a deux heures, quand je suis arrivé, il repartait chez lui et m'a dit de faire gaffe, que deux types avaient passé toute l'après-midi à traîner près du bureau, leur tête lui est pas revenue du tout, des jeunes qui portaient tous deux des lunettes aux verres fumés. Ils sont entrés et ils ont demandé à te parler.

Héctor avança lentement et se laissa tomber dans son fauteuil. Il se frotta les yeux des deux mains en essayant de chasser le mal de tête.

– Qu'est-ce qui se passe ? Pas très clair, tout ça, non ?

– Il y a un peu de ça, l'ingénieur.

Il connaissait les noms des deux victimes, mais il ignorait ce qu'il venait faire là-dedans. Pourquoi lui avait-on envoyé un cadavre et la photo de l'autre ? Et pourquoi les avait-on assassinés ?

Il retourna le tout dans sa tête :

1) C'était un appât, un piège. Dans quel but ? Pourquoi ?

2) Entre les cadavres et lui, il y avait un lien qu'il n'avait pas encore découvert.

3) C'était une erreur.

La réponse pouvait se trouver dans le passé, dans ces dernières années. Possible... Dans le brouillard, une idée commença à se dessiner dans sa tête. Peut-être. Les menuisiers avaient fait allusion à un troisième homme dans le groupe d'amis, le garde du corps de Zorak. S'il n'était pas encore réduit à l'état de cadavre, il pouvait savoir de quoi il retournait. Et Zorak, cette présence absurde qui semblait être la clé de l'histoire des deux hommes égorgés, avait laissé une veuve, mademoiselle S. C'était là un autre fil de l'écheveau et il pouvait tirer dessus. Il y avait le billet d'avion qu'il n'avait pas utilisé, qui pouvait avoir un acheteur, et si ça n'était pas le cas, du moins avait-il décidé d'exiger son remboursement. C'était une bonne blague, une blague juste.

– L'ingénieur, je vais dans un petit cabaret de San Juan de Letrán. Je reviens. Si tu vois un truc bizarre, allume ma lampe de bureau, on la voit de la rue.

– À ton service... Il va y avoir du grabuge ?

– On ne sait jamais, j'espère que tout ira bien et qu'on ne te trouvera pas une tête de Romain.

El Gallo éclata de rire et Héctor sortit.

– L'unique, l'inimitable Melina. L'ondulante reine de la nuit de San Juan de Letrán possède un corps qui vous fera baver jusqu'à terre et vous rouler dedans.

Que cela fût vrai ou non, Héctor applaudit à tout rompre en rivalisant avec la table voisine. Le faible éclairage du cabaret fit place à la lumière crue d'un projecteur, et les verres s'entrechoquèrent plus fort avant d'être couverts par la batterie de l'orchestre qui accompagnait Melina.

En costume de Cléopâtre et entourée de trois Romains seulement (trois, pas quatre), cette dernière apparut sur la petite scène. Quand les hurlements des trente ou quarante clients qui occupaient les tables s'apaisèrent, la femme fit quelques pas et les roulements de batterie cessèrent.

– Un instant de patience, mes chers amis – nouveaux hurlements – je me vois dans l'obligation de vous communiquer une nouvelle grave... Vraiment grave et qui nous a causé une très grande douleur, à nous tous qui travaillons ici. Don Agustín Salas, le propriétaire de *La Fontaine de Vénus*, est mort, c'est lui qui nous a tous fait débuter dans notre carrière artistique – elle essuya une grosse larme et poursuivit – don Agustín, parti pour une vie meilleure avec son ami Leobardo, qui se déguisait en Romain pour le simple plaisir de faire partie du *chow*, de partager nos joies et nos peines – elle désigna les trois autres Romains manifestement esseulés sans leur camarade. Mais c'est la vie, les uns arrivent et les autres partent, et je suis sûre que don Agustín aurait souhaité que le *chow* continue – Elle leva les bras, les hurlements reprirent. Allons-y !

Roulements de batterie et les Romains reprirent leurs places.

Tandis que les lumières s'éteignaient, Héctor s'attarda un instant à repérer qui pouvait être copain de bringue parmi les clients. Qui étaient les trois hommes aux cravates mal ficelées, aux cheveux noirs ondulés, assis à la table voisine ? Les deux types avec des porte-documents qui se disputaient les faveurs d'une femme en robe courte assise entre eux ? Des bureaucrates ? Membres de la police secrète, auxiliaire, civile, spéciale, bancaire, préventive, volante, fédérale ? Loueurs d'emplacements aux halles de La Merced ? Prêteurs sur gages ? Propriétaires de quincailleries, de boucheries, d'ateliers de pièces auto ? D'épiceries-bazar ? Distributeurs de drogue en petits sachets à la sortie des lycées ? Gardes du corps ? Chauffeurs de hauts fonctionnaires ?

Melina terminait la danse de Cléopâtre en ôtant sa couronne de diamantin qu'elle jetait au public, le reste elle l'avait déjà enlevé depuis un moment. Les lumières s'éteignirent à nouveau et les trois garçons de

La Fontaine de Vénus se précipitèrent sur les tables pour y déposer de nouvelles bouteilles de whiskey, de cognac de contrebande, de brandy mexicain d'origine, tous trafiqués, et du rhum.

– Et maintenant, qui est le propriétaire ? demanda Héctor à l'un des serveurs.

– Je ne sais pas. Peut-être un cousin de don Agustín ou quelqu'un dans le genre. Nous, on ne sait pas. On continue à bosser, c'est tout...

– Et l'autre ami de don Agustín et de don Leobardo, avec qui il était copain depuis l'époque de Zorak, insista Héctor en retenant par la manche le garçon qui essayait de se dégager.

– Le Capitaine Perro ? Il y a des siècles qu'il n'est pas venu.

– Quel est son vrai nom ?

Le serveur se libéra de la pression d'Héctor sur son bras.

– Demandez à Melina, elle sortait avec lui.

La vedette commençait un nouveau numéro sur la petite scène. Vêtue d'une robe longue très décolletée, un énorme yoyo à la main, elle invitait les clients à chanter avec elle : « Melina prête-moi ton yoyo-yo, Melina prête-moi ton yoyo-yo ».

Les clients reprirent rapidement la chanson en chœur tandis que Melina essayait de faire monter et descendre le gigantesque yoyo et exécutait quelques pas de danse approximatifs.

– Ça fait cent, dit le serveur en passant près de lui.
Héctor finit son soda et demanda :

– Cent quoi ?

– Le Capitaine Perro est là, il vient d'arriver.

Héctor sortit deux billets de cinquante pesos froissés de la poche de son pantalon et les donna au serveur. Celui-ci se plaça de dos et lui dit à voix basse :

– C'est celui qui se tient devant la porte avec la lumière rouge.

Héctor regarda dans la direction indiquée. Éclairé par la lumière rouge très douce d'un projecteur, appuyé à la porte qui permettait d'accéder aux loges, contemplant la vedette, un homme d'une quarantaine d'années, costume noir et cravate blanche, la moustache fournie, allumait une cigarette. Héctor se leva et appela le garçon pour payer sans le perdre de vue. Melina achevait la chanson du yoyo en tanguant entre les clients des premiers rangs. Le Capitaine Perro promena un regard distrait sur la salle et son regard buta sur celui d'Héctor. Son visage s'altéra et une ride de crispation lui barra le front. Il jeta sa cigarette par terre et sortit par la porte après avoir lancé un dernier regard au détective. Héctor ramassa la monnaie et commença à zigzaguer entre les clients et les serveurs.

La porte donnait sur un couloir mal éclairé avec deux portes de chaque côté et une en métal gris au fond. L'une des portes latérales s'ouvrit pour laisser le passage à l'autre vedette du show. Elle portait en tout et pour tout une petite casquette couverte de plumes de paon royal. La femme le regarda fixement.

– Vous avez vu le Capitaine Perro ?

– Qui c'est, celui-là ?

Au moment où Héctor passa près d'elle, la femme inclina la tête et lui agita son panache de plumes au visage.

La porte grise donnait sur un parking désert. L'air était chaud, au moins autant qu'à l'intérieur du cabaret. Un ivrogne essayait de monter à bicyclette, donnait deux coups de pédale et tombait par terre. Personne d'autre. Le Capitaine Perro avait disparu.

Héctor bâilla, alluma une cigarette et décida d'aller dormir au bureau.

Il devait être deux heures du matin. La rue San Juan de Letrán brillait par endroits sous les néons, étrangement déserte. Une ou deux voitures s'arrêtèrent au feu rouge et Héctor traversa tranquillement. C'était une promenade, rien n'aurait pu le persuader du contraire. La promenade de deux heures du matin dans une ville solitaire et chaude. Malgré ses efforts pour se vider l'esprit et le garder ouvert aux impressions de la nuit, deux images l'assaillirent : le corps bronzé de la femme au panache en plumes de paon royal, et le lapin qui pissait sur la moquette. Il faudrait aller lui donner à manger le lendemain matin.

5

... nous sommes le temps et nous existons en lui comme la fumée dans l'air, tout comme l'air volatil.

Roberto Fernandez Retamar

Après avoir affronté la bureaucratie et les diverses formalités, il parvint à échanger le billet d'avion pour New York contre plusieurs billets de mille pesos. Il les tenait serrés, la main dans la poche de son blouson. Maintenant le marché était conclu. Il pouvait considérer cet argent comme une avance sur ses honoraires afin de découvrir qui étaient les assassins de don Agustín et don Leobardo, ou l'offrir au premier venu. Cet homme, par exemple... Héctor s'arrêta pour regarder fixement un vendeur d'échelles qui lui rendit son regard, plus sûr de décharger une de ses trois échelles en bois que de la vendre. Ou cette femme, la secrétaire qui pressait le pas pour avoir le temps de faire ce qu'elle avait à faire.

Il traversa le parc de l'Alameda, laissant une légère brise lui glisser dessus. Le vent se levait et charriait de la terre. Il s'arrêta devant les affiches qui annonçaient la création d'un kilomètre de pièces de monnaie destiné à financer la campagne d'alphabétisation du Nicaragua nouveau et plaça ses billets sur la ligne sous le regard étonné d'un étudiant de la Prepa Popular qui montait la garde devant le kilomètre en cours, pour éviter qu'un enfant de salaud ne vienne en voler des centimètres.

Ayant accompli le rituel, le détective se sauva avant de rougir devant l'admiration de l'étudiant.

– Ne va pas croire que parce que tu as une arme, que tu es blond et que tu te dis détective, le *dernier* soda est pour toi. Tu te fourres le doigt dans l'œil, dit Gilberto.

– Nous, on est pour la démocratie, tu sais ? fit remarquer Carlos, le tapissier.

Héctor croisa les bras et sourit :

– Alors on tire à pile ou face ?

Il tombait des cordes. C'était une après-midi glauque, avec des branches cassées et des milliers de feuilles mortes dans les flaques. Un vent froid projetait la pluie contre la fenêtre. Les vitres ruisselantes laissaient passer des taches de lumière, les premiers points éclairés dans l'immeuble de bureaux d'en face.

– Si c'est vous qui descendez, j'échange le soda contre un café au lait, dit le détective.

– Sortir sous ce putain de typhon... Hors de question !

– C'est pire que le Krakatoa-à-l'est-de-Java, dit le tapissier.

– C'était à qui le tour ? demanda Gilberto.

– À lui, répondit Carlos, montrant un clou entre ses dents en même temps qu'il pointait l'index sur sa braguette.

– Bon, on tire à pile ou face, répéta Héctor.

Le soda solitaire qui faisait l'objet de la discussion

attendait sur le bureau poussiéreux, impavide, comme s'il avait joui de la situation.

– Celui qui le boit va chercher les cafés, proposa Gilberto pour essayer de trancher.

Alors c'était ça, le piège. Ils ne voulaient pas le soda, ils voulaient juste qu'il descende chercher les cafés. Ah ! les sagouins, pensa Héctor.

– Pour moi, avec du lait et deux petits pains, dit le tapissier.

Tandis qu'Héctor tournait dans la pièce, Carlos enfonçait en rythme des clous dans le rembourrage d'un fauteuil. Il les tenait dans sa bouche et les prenait avec le bout aimanté du marteau ; il les enfonçait sans se servir de ses mains, qu'il utilisait pour mettre le rembourrage en forme. Fasciné par un métier qu'il ne connaissait pas et au chômage technique depuis une heure, le plombier se balançait, appuyé à la chaise tournante déglinguée d'Héctor.

– Il sortira des araignées de cette saleté avant que je descende chercher vos cafés dans la tempête. Et puis le Chinois d'en-bas ne prête pas les tasses.

– Parce que tu refuses chaque fois de le payer, dit le plombier.

Héctor se laissa tomber dans le fauteuil en cuir qui était né avec le bureau. Les ressorts grincèrent, le bois craqua.

– Tu pourrais le réparer, dit-il à Carlos.

– Je suis anarchiste, répondit le tapissier barbu sans qu'il y eût un rapport très clair entre la remarque et la réponse.

Héctor s'étira, se laissant envahir totalement par l'engourdissement, le sentiment protecteur que le local offrait devant la tempête. Il se décontracta, alluma une cigarette.

C'était une grande pièce, dans un de ces appartements où il y a du parquet, couverts de cicatrices, aux murs d'un blanc crème sale. Meche Carreño[1] en monokini y possédait tout un angle. Sur une table crasseuse jonchée d'outils de plomberie, de tuyaux rouillés, de morceaux de clés et de vis, une photo d'Emiliano Zapata (le regard brillant, prêt à pleurer sur le pays qui lui glissait entre les mains). Le bureau d'Héctor était curieusement vide de papiers à l'exception d'un vieux journal qui servait de répertoire d'adresses, de pense-bête et de bloc-notes téléphonique. Une table à dessin inoccupée et plusieurs meubles éventrés par le tapissier supprimaient toute possibilité d'espace dégagé. Poussière, sciure, graisse, restes de bourre, traînaient par terre sans avoir été balayés depuis un mois et donnaient aux lieux un air de zone sinistrée. De sa place, Héctor voyait des chaussettes bleues et une paire de chaussures, les siennes, pointant vers nulle part.

L'orage, le délicieux orage redoublait, et allait le faire sortir de ses gonds. Du match nul contre rien ni personne de ces derniers jours.

Héctor Belascoarán Shayne, détective privé pour des raisons étranges et révolutionnaires, était un homme d'orage. C'est du moins ce qu'il décida par cette après-midi pluvieuse. Aussi se leva-t-il de son fauteuil pour dire :

– Messieurs, vous avez gagné, je descends chercher les cafés.

– Écoute, ne te dérange pas pour moi, dit Gilberto Gómez Letras, plombier qui partageait un tiers du bureau avec le détective. Pour moi, beaucoup de lait et deux *donuts*.

1. Célèbre actrice mexicaine des années soixante. *(N.d.T.)*

– Ça recommence, dit Carlos Vargas, tapissier, troisième voisin de jour.

Héctor passa un coupe-vent vert sur son sweat-shirt, noua les cordons de la capuche et ralluma une cigarette.

– Et toi, tu ne travailles jamais ?

– Moi, je fais aussi partie de ceux qui...

– Qui quoi ?

– Ceux-là, dit Gilberto en montrant Carlos.

– Les anarchistes, précisa le tapissier en souriant.

– Putain, dit Héctor.

Eh oui, il pleuvait à vous ôter l'envie de travailler, anarchiste ou non. La terre flottait, il y avait des reflets huilés dans les flaques. Les voitures soulevaient des paquets d'eau qu'elles rejetaient violemment sur les trottoirs, mouillant les étalages d'une eau sale immédiatement balayée par la pluie qui tombait en cataractes.

Il bondit par-dessus les flaques, évita une Volkswagen et entra d'un saut dans le café des Chinois.

– Don Jelónimo, des cafés pour mes voisins.

Le Chinois le regarda d'un air mauvais. D'abord parce qu'il l'appelait Jelónimo, ensuite parce qu'il refusait de le régler. Héctor s'assit dans un box, à côté du vendeur de journaux entré là à cause de la pluie, et lui acheta *Ovaciones*[1].

– Ça te dirait, de faire un tour sous la pluie ?

Héctor leva la tête des gros titres et se trouva devant la fille à la queue de cheval, vêtue d'un imperméable rouge dégoulinant. Il la suivit et sortit sans s'occuper du Chinois qui lui réclamait la note.

Ils montèrent dans une Renault rouge. Elle démarra

1. Quotidien sportif. *(N.d.T.)*

sans lui adresser un regard et se dirigea vers le plus fort de la pluie. Les essuie-glaces balayaient violemment le pare-brise. Elle alluma la radio. Sur Radio Educación, un présentateur expliquait la différence entre le blues et le dixieland. Puis il passa un morceau de Charlie Mingus. Héctor observait la fille du coin de l'œil. Qu'est-ce qui l'attachait aussi profondément à elle ? Ils se connaissaient depuis deux ans environ. Depuis les débuts de Belascoarán comme détective privé, à l'époque où il était à la recherche d'un étrangleur et elle d'une façon spectaculaire de mourir. Amoureux par vagues qui allaient et venaient sans que personne ne puisse en prévoir la durée, ils avaient vécu ensemble de courtes périodes durant lesquelles ils brisaient la carapace de leurs solitudes mutuelles et appréciées. Attirés par leurs halos de folie respectifs, ils s'étaient retrouvés deux mois auparavant dans l'impasse de la proposition d'une relation stable, et elle avait pris la fuite.

La voiture s'engagea sur Reforma par Morelos, en faisant gicler l'eau des deux côtés.

– Comment ça se passe, avec le lapin ? demanda-t-elle soudain.

– Je l'aime bien, répondit Héctor.

Il prit un mouchoir dans la boîte à gants et tenta d'essuyer la vitre. Le bruit de la pluie sur le toit constituait un bon accompagnement pour Charlie Mingus. Il y avait peu de circulation sur Reforma, c'était comme si la tempête avait fait fondre les voitures.

– Qu'est-ce que tu as sur les bras ?

– Une histoire... un mec habillé en Romain comme dans les films, mort dans les toilettes du bureau. Après, on m'a envoyé les photos d'un autre cadavre, puis un billet pour New York.

La fille sourit.

– On va arrêter de se voir pendant quelque temps, dit-elle.

– On va faire ce qu'on fait toujours sans se mettre d'accord sur rien, et peut-être que ça marchera, dit-il.

Au rond-point d'El Angel, une voiture freina brusquement devant la Renault. La fille à la queue de cheval donna un brusque coup de volant et dérapa sous la pluie. Devant, la voiture continuait à vitesse réduite.

– Quel connard, dit-elle. Il est passé en première et il a accéléré.

– Calme-toi, on dirait qu'il l'a fait exprès. Héctor sortit son arme et la plaça entre ses jambes.

– Ne joue pas les paranos, détective, c'est juste un abruti qui a le complexe du macho mexicain rendu fou par la pluie... Seulement il ignore dans quel merdier il s'est fourré.

La fille accéléra, fit mine de doubler à gauche, et, appuyant à fond sur l'accélérateur, doubla à droite en jouant du klaxon.

Une seconde plus tard, un coup de feu faisait voler en éclats la vitre arrière gauche de la Renault.

– Alors, c'est qui le parano ?

– Du calme, détective, c'est un macho mexicain frustré.

Héctor jeta un coup d'œil à l'arrière ; la vitre ruisselait de pluie qui tombait maintenant sur la banquette.

– Quelle marque c'était ? Combien de personnes à l'intérieur ?

– Deux, pas plus, je crois.

– Tu as vu leur visage ?

– Tu crois qu'on y voit quelque chose, avec cette pluie ? C'était une vieille Ford.

Elle accéléra encore et tourna à gauche au rond-point de Sevilla. En se retournant, Héctor tenta de voir si la voiture les suivait : à trente mètres, il y avait une Ford jaune délavé.

– Elle est là, hein ? demanda-t-elle.

– Elle est jaune.

– Oui.

Elle traversa Chapultepec à l'orange. Puis elle freina de l'autre côté de l'avenue.

– Tu veux les perdre ou les retrouver ?

– Je voudrais les suivre.

– Ça va être dur, ils connaissent la voiture.

– Alors...

– Laisse-moi leur faire peur, au moins, dit-elle.

– Putain, avec qui je vais me promener les jours de pluie !

La fille à la queue de cheval sourit.

– C'est toi le détective. Moi, on me fait des queues de poisson, on me tamponne, mais on me tire pas dessus.

Elle redémarra doucement puis accéléra quand les premières voitures passèrent au vert sur l'avenue Chapultepec. Elle prit la rue Durango et attendit que la tache jaune de la Ford apparaisse entre les flaques, dans le rétroviseur latéral. Puis elle accéléra à nouveau.

En arrivant à l'intersection avec Sonora, elle freina brusquement, dérapa et se gara sur une place de stationnement. Sortit en marche arrière et pivota. Prit Durango à contresens à plus de quatre-vingt-dix à l'heure, remontant en direction de la voiture jaune.

– Qu'est-ce que tu fais ? demanda Héctor. On leur fonce droit dessus.

– Tu paries qu'ils s'écartent ? demanda-t-elle avec un sourire. Et elle appuya à fond sur l'accélérateur.

Les occupants de la voiture jaune virent soudain la Renault leur arriver dessus et s'en tirèrent en déportant le véhicule sur le bas-côté, où il entra de plein fouet dans un palmier.

La Renault passa à côté en klaxonnant à mort.

Il y avait deux types, et ils étaient morts de trouille, pensa Héctor.

– Je t'aime parce que tu es sauvage, dit-il.

– Ce serait mieux d'arrêter de se voir pendant quelque temps.

– J'ai besoin d'un chauffeur de ta compétence, répondit le détective.

– À ton service.

Héctor tendit la main et la posa sur la jambe de la fille, moulée dans un pantalon noir.

– On va assurer comme des bêtes, détective, dit-elle.

– Ça, on le savait.

La voiture repartit en direction de la colonia Roma.

Vers onze heures du soir, la fille arrêta la Renault rouge devant le bureau d'Héctor. Le détective lui caressa le visage et descendit.

– Tu es sûr que tu ne veux pas venir dormir à la maison ?

– Non, je vais rester un moment et après j'irai à *La Fontaine de Vénus*.

Elle sourit. Il avait cessé de pleuvoir. Il ne restait que des flaques et de la boue, des journaux déchirés et maculés de terre au milieu de la rue.

Héctor prit l'ascenseur en pensant qu'il n'était jamais remonté avec les *donuts* et le café. Les autres ne le lui pardonneraient pas.

El Gallo travaillait à sa table à dessin.

– Gilberto et Carlos sont partis ?

– Ils t'ont laissé un mot sous le soda.

Le mot l'informait que le soda avait été empoisonné

avec « de la soude caustique pour déboucher les tuyaux ».

Héctor prit la bouteille de Pepsi et en fit sauter la capsule avec le canon de son .45 automatique.

– Quelle efficacité, dit El Gallo sur un ton admiratif.

Héctor but avec délices.

– Tu ne t'es jamais lancé à cent à l'heure en Renault contre une Ford et en sens contraire, toi.

– Qu'ont fait les types de la Ford ? demanda El Gallo.

– Ils sont montés sur le bas-côté.

– Ils ont dû serrer les fesses ?

– Je n'ai pas vu, mais ils devaient les avoir comme ça, répondit Héctor en écartant l'index et le pouce de la main droite de quelques millimètres.

Il enleva ses chaussures et se pencha à la fenêtre. La rue était déserte.

– Si je m'endors, réveille-moi quand tu sors.

– Je partirai vers six heures du matin.

– Parfait, dit le détective, et il se laissa tomber dans son fauteuil.

Maintenant on voulait le tuer, ou lui faire peur. Et puis il avait oublié d'acheter les cafés et les *donuts*, et elle conduisait mieux que les frères Rodríguez avant qu'ils ne se tuent dans un accident d'automobile. Voilà ce qu'il pensa avant de s'endormir.

6

Portraits croisés des trois voisins du détective Héctor Belascoarán Shayne

Observe d'abord les voisins, ensuite tu choisiras ta maison.

Proverbe chinois

Éléments fondamentaux

Gilberto Gómez Letras a la mauvaise habitude d'extirper ses crottes de nez avec le petit doigt de la main gauche. Comme ses mains sont souvent tachées de graisse, il porte les traces de son vice sur la joue.

Carlos Vargas, le tapissier, a fait trois fois sa première communion parce qu'« on lui offrait un costume et des chaussures ».

L'ingénieur Villarreal, alias « El Gallo », a eu une

fiancée à quinze ans, qui mourut dans le même accident d'avion que Madrazo[1] et el Pelón Osuna[2].

Gómez Letras est allé jusqu'en troisième au collège Aquiles Serdán, dans la colonia Alamos. Il s'est fait renvoyer parce qu'il avait piqué les clés des toilettes des filles et les flotteurs des W.-C. des instituteurs.

Carlos le tapissier a vécu (deux ans) entouré de téléviseurs, d'autoradios, de machines à laver, consoles et réfrigérateurs achetés à des revendeurs en sortant du travail. Chez lui, il n'y avait pas de meubles mais plein d'appareils électroménagers, « pour ne pas se sentir inférieur à tous ces cons ».

El Gallo entre parfois (les après-midi de pluie) dans les cinémas de quartier, assiste à trois séances, de préférence un film de Tarzan ou un western. Il ne consomme pas de sandwiches, pop-corn ou soda, reste six heures et demie les yeux rivés sur l'écran.

Gilberto est né à Michoacán et il avait six ans quand il est arrivé dans le D.F.

Carlos Vargas est d'origine modeste, de la colonia Morelos, dans la banlieue de Tepito.

El Gallo est né à Chihuaha et n'a connu la capitale que lorsqu'il est venu faire des études d'ingénieur au Poli[3], avec une bourse.

---

1. Président du PRI, Parti Révolutionnaire Institutionnalisé. *(N.d.T.)*

2. Célèbre joueur de tennis qui remporta la coupe Davis et avait sa statue à l'aéroport de Mexico. *(N.d.T.)*

3. Abréviation de Politécnico, école d'ingénieurs. *(N.d.T.)*

Phrases réussies

Si je dois me faire niquer demain, que ce soit une bonne fois pour toutes.

Carlos Vargas

Toute appréciation rationnelle quant à l'efficacité future de l'ouvrage en question, ne saurait passer sous silence que l'ingénieur en chef mangeait une galette de poulet avec une sauce au piment le jour où il a remis ses plans. La tache qui en témoigne (voir plan 161-b) est sans doute responsable du fait que les W.-C. débordent régulièrement dans la colonia Aviación Civil.

Ingénieur Javier Villarreal
(extrait d'un rapport qui lui coûta son poste)

On ménage Guadalajara, et ici on se fait baiser.

Carlos Vargas

Les meilleures taquerías sont celles dont le patron baise beaucoup. Ne me demandez pas pourquoi, ce sont des choses que je sais.

Gilberto Gómez Letras

Celui qui bande ferme te laissera un souvenir.

Carlos Vargas

Il vaut mieux que je fasse comme j'ai dit, parce que c'est ce que je pense, et je ne pense les choses qu'une fois, parce que j'oublie.

Gilberto Gómez Letras
(au cours d'une conversation téléphonique avec un client sur la réparation de la tuyauterie des W.-C.)

Heureusement pour toi, je suis plutôt lent, sinon, je serais déjà marié, divorcé, devenu pédé, régénéré et remarié.

Javier Villarreal
(au cours d'une conversation avec sa fiancée)

Pour réussir, pas besoin d'en avoir une grande, par contre il faut être bien sapé.

Gilberto Gómez Letras

Données fondamentales

Quand Gilberto extirpe ses crottes de nez, il le fait d'un mouvement circulaire qui ne manque pas d'adresse. Le butin de l'expédition est ensuite projeté dans un coin de la pièce, sous forme de boulette.

Carlos Vargas a des photos des trois fois où il a fait sa première communion.

El Gallo Villarreal a conservé une lettre de la fiancée de ses quinze ans, celle du crash.

Gilberto met son argent dans une énorme tirelire en forme de sportif pratiquant la lutte libre. Quand il en aura rempli trois, il achètera un terrain du côté d'El

Molinito. C'est la troisième fois qu'il gagne la tirelire en forme de lutteur à la fête foraine et qu'il recommence à y mettre ses sous. Les deux autres, il a dû les casser avant qu'elles soient pleines. La première pour l'enterrement de sa mère, la deuxième quand il est parti une semaine à Veracruz avec deux prostituées. Le lutteur (qui porte un masque et une cape jaune) est placé sur la télé et jouit de la part des enfants de Gilberto d'un plus grand respect que les images saintes avec lesquelles il partage son piédestal.

Carlos Vargas a essayé d'entrer chez Ford l'année dernière. On lui avait dit que la section d'habillage des sièges payait bien et il était attiré par la sécurité de l'emploi, l'importante concentration de travailleurs (parfois il en a assez de la solitude du travail artisanal) et les avantages financiers. Et puis il pensait faire du syndicalisme dans la maison. Il a réussi à tous les examens, mais n'a pas pu tromper le psychologue de l'entreprise qui a détecté chez lui une chose inhabituelle : un mélange d'anticonformisme et d'orgueil professionnel. Le psy ne l'imaginait pas en ouvrier docile à la chaîne de montage et il a préféré rejeter sa demande bien qu'il ne disposât d'aucun élément objectif pour le faire.

L'ingénieur Villarreal prenait un petit pain et des boissons gazeuses le matin. Pour lui, l'arrivée du soda en boîte de conserve sur le marché constitue une énorme avancée technologique qui lui permet de prendre le petit déjeuner sur le trajet du bureau à la maison. Vers sept heures du matin, un sachet de petits pains dans une main et une boîte de Pepsi dans l'autre, il parcourt les rues du centre. Il s'arrête habituellement devant les églises jumelles de la Santa Veracruz et il finit de manger au milieu des pigeons. Il offre les miettes aux oiseaux puis prend le tramway pour la colonia San Rafael.

Gilberto Gómez Letras a un jour voulu posséder une agence de voitures d'occasion. Il a aussi rêvé d'être portier d'un immeuble de luxe, propriétaire d'un atelier de soudure, chef de département du contrôle de qualité d'une fabrique de gin et gérant d'un bordel à Zihuatanejo. Il a en fait été ouvrier dans une usine de plastique, travailleur dans une petite entreprise de sanitaires et assistant d'un plombier.

El Gallo aime la bossa-nova et la samba. Il ne rate jamais un concert et a chez lui tous les disques pressés au Mexique de Jobim, Edú Lobo, Laurindo Almeida, Vinicius de Moraes, Baden Powell, Stan Getz, Chico Buarque de Holanda, Joao Gilberto, Carlos Lyra, Luiz Bonfá, Charlie Byrd et Marcos Valle. Il rêve d'Astrud Gilberto, aimerait vivre avec elle dans une maison isolée (qu'il a dessinée et effacée des dizaines de fois) en Basse-Californie, près de Cabo San Lucas. Les principales qualités de la maison sont acoustiques : la rumeur permanente de la mer se brisant sur les rochers et un système stéréo avec des amplificateurs monumentaux dans toutes les pièces. Quand Gilberto Gómez Letras rêve d'Astrud, ils prennent le petit déjeuner dans une immense cuisine blanche. Il porte un pyjama couleur crème et elle une chemise de nuit jaune. Ils sont tous deux pieds nus ; par la fenêtre, pénètre la lumière grisâtre d'un jour sans soleil.

Autoportraits : Carlos Vargas

Si les gens me foncent dessus, je leur rentre dedans. Mais ici, ils arrivent toujours de côté, ils te tombent dessus par-derrière.

J'ai changé à cause de ça, pour les surprendre, pour qu'ils ne sachent pas à quoi s'en tenir, pour...

Je n'aime pas les *rancheras* et pourtant, j'ai sous mon lit un tas de disques de Negrete, Pedro Infante, Aceves Mejía et Cuco Sanchez. Peu importe, c'est justement pour ça. Qui sait. Et j'ai aussi deux blousons en cuir, parce que c'était la mode en soixante-neuf, soixante-dix. C'est-à-dire que des fois je nique les gens, d'autres fois je me nique tout seul, et d'autres fois encore je me fais baiser. Voilà le bilan de toutes ces années. Presque toutes. Presque depuis 1946, quand je suis né, et que mon père a pensé : « Il apprendra le métier et il aidera à la maison. » Il a sûrement pensé ça quand j'étais encore au sein et qu'on ne m'appelait même pas Carlos, quand j'étais gamin, parce qu'à Morelos tu nais avec un destin. Et puis ce destin, tu le recomposes, non que tu sois très malin, mais parce que les parents ne sont pas très bons pour prévoir l'avenir : ils mouraient de faim à force de faire des horoscopes. C'est pour ça que je suis devenu tapissier et pas cordonnier. C'est ce qu'on m'a fait faire, pas ce que moi je voulais faire. On m'a obligé à arrêter mes études après l'école primaire, je suis devenu méfiant, on ne m'a pas fait faire de la boxe parce que j'ai les arcades sourcilières trop longues et de petits poings. Et puis j'ai changé. Normalement, tu deviens un connard. Moi, j'ai changé et j'ai appris à traîner mais aussi à changer. J'ai fréquenté les putes et bu de l'alcool, mais j'ai aussi lu des encyclopédies et des livres de Freud qu'on vend dans la rue. J'ai compris ce que j'ai pu, surtout qu'on te modèle d'une façon et que toi, tu essaies de devenir quelqu'un d'autre. C'est pour ça que je change de boulot ou qu'on m'en fait changer tous les quatre matins. Pour ça que je suis devenu syndicaliste, que j'ai formé des groupes et dormi par terre, sous des toiles de tente, pendant les grèves. Qu'un jour je me suis retrouvé au trou, pour ça et pas parce que j'avais fauché, ce qui aurait été logique... J'ai parfois l'impression d'être maître de mon travail, de mes outils, des livres que j'achète chaque fois qu'une de mes idées absurdes marche bien... Parfois je sais que la seule chose dont je sois le maître, c'est la capacité de dire non, je ne suis pas à vendre, je n'aime pas ça, je ne veux pas. Je suis maître de mes treize renvois en neuf ans de boulot de tapissier dans des ateliers et de petites entreprises. Je crois que si je n'aimais pas les gens, je leur taperais dessus à tous, à coups de marteau de tapissier. À commencer par moi.

Données fondamentales

El Gallo a une double vie, ou plutôt une vie coupée en deux. La nuit, il travaille au bureau à des calculs de résistance et vérifie des projets concernant le réseau d'égouts de la ville. Puis il va dormir. Le soir, il suit des cours de psychologie à l'Université. C'est là qu'il a connu sa fiancée. On ne sait pas bien s'il y va toujours parce qu'il aime les patios et les espaces ouverts de l'Université, ou parce qu'il s'intéresse à la psychologie. Au début ça avait l'air d'être une bonne idée. Maintenant, c'est surtout une habitude.

Gómez Letras s'échappe régulièrement au bar *El Mirador*, au milieu de sa journée de travail ; quand le patron le voit pousser la porte à battants, on lui sert une double tequila de plusieurs années d'âge. Comme ça, sans rien lui demander.

Carlos Vargas a une cicatrice à la tête. Pas très grande, quatre centimètres. Un coup de marteau. Ils l'attendaient derrière la porte de l'atelier. Le patron s'en est tiré à bon compte, il a acheté pour deux bouteilles et quelques claques dans le dos le bras qui tenait le marteau. En plus, Carlos s'est fait virer et il n'a jamais rien pu organiser dans ce foutu atelier. Maintenant la cicatrice lui fait mal les jours de pluie.

El Gallo Villarreal a connu six mois de vice dans sa vie. Vers quinze ans, un peu par défi, un peu par mauvaise éducation du palais, il a pris goût aux crèmes alcoolisées de la marque Don Pancho, en particulier celles à la banane, à la menthe et à la mandarine. Après avoir descendu le médiocre bar familial en une ou deux soirées, il dut gagner pendant des semaines des sommes considérables (toutes relatives) : il lava des voitures, alla faire les courses, fit des économies le dimanche, et tapa ses grands-parents pour se payer son vice. Sa consommation excessive de crèmes de liqueur (quarante-trois Gay Lussac) fit courir des rumeurs invraisemblables dans ce quartier de classes moyennes et aisées du nord de la ville : son père trompait sa mère et cette dernière sombrait dans l'alcool, les crèmes contenaient des ingrédients aphrodisiaques, on faisait de très bons gâteaux avec... Il vécut ces six mois d'ivresse publique (avec les voyous) et privée (dans un terrain vague, la voiture de sa sœur aînée, sa chambre solitaire aux murs couverts de posters de gringos joueurs de base-ball). Ils lui coûtèrent sa copine et sa première année de lycée.

Gilberto Gómez Letras triche sur les chiffres. Par un étrange sens du devoir, il ne fait jamais des comptes justes. Le mensonge pythagorique aux clients fait non seulement partie de ses habitudes, mais aussi de son éthique.

Javier Villarreal porte une sorte d'uniforme : jeans, chemises à carreaux, blouson en cuir couleur café. C'est une façon de se revendiquer comme venant du nord, étranger au D.F. De se reconnaître et de se faire reconnaître comme provincial dans une ville qui banalise et aplatit tout.

Carlos Vargas a une passion pour le chewing-gum. Il connaît toutes les marques et les juge selon des critères dignes d'un gourmet.

Carlos, Gilberto et El Gallo se sont abstenus de voter aux dernières élections.

Autoportraits : El Gallo

Je ne sais faire que des choses simples, comme de monter à cheval dans les publicités de Marlboro. Mais les Marlboro c'est dégueulasse, alors même ça, je ne peux pas le faire. Avec moi, le système a abusé. J'aurais pu être genre ingénieur, un petit ingénieur ; je n'en saurais pas beaucoup plus, mais je le saurais bien, pas n'importe comment comme aujourd'hui. Parce que, d'après eux, je ne fais pas de progrès depuis longtemps. Mais tu ne peux pas être un bon ingénieur si on débarque dans ton école en tirant des coups de feu, qu'on enlève un œil avec la pointe d'une baguette à ton voisin de table et que les flics l'enveloppent pudiquement dans un quotidien du soir. Alors, et je m'en fous qu'on ait fait quatre-vingt-seize jours de grève, c'est pas comme ça qu'on devient ingénieur. Et puis, on me proposait pas grand-chose. Rien comme les pigeons qui mangent des miettes devant la Santa Veracruz, rien de tout ça. Mais on m'a donné une chose : la peur du pays, du pouvoir, du système. Et on m'en a enlevé une autre, la possibilité de rester innocent, niais, naïf. Ma copine dit que c'est pour ça que je retourne à l'Université, que la psychologie je m'en fous, que ce que je veux, c'est rester étudiant, redevenir jeune de cette façon mièvre et facile. Belascoarán dirait que c'est parce que je viens du nord et que les esplanades du campus sont ce qui ressemble le plus aux prairies de la Laguna, ou aux terres immenses sans faux horizons de Chihuahua (le plus ressemblant qu'on puisse trouver dans le D.F.). Carlos a sa version : d'après lui, Freud dit que je retourne à l'Université pour voir si les flics y entrent à nouveau (c'était dans le Casco de Santo Tomás[1], la nuit, la rue était sombre, il n'y avait pas de lumière, tout était comme pétrifié par le bruit assourdissant des sirènes), aujourd'hui je n'ai plus la trouille, et au lieu de partir en courant comme autrefois, j'attrape une barre de fer et je fais le ménage. Gilberto Gómez Letras dit que c'est pour les nanas. Toutes les versions me plaisent et j'aimerais qu'il y ait un peu de vrai dans chacune d'elles. C'est à ça que me sert la psychologie, à organiser les versions des autres et à les faire passer pour miennes. Ma mère dit que je n'ai pas grandi et que je manque de personnalité. Mais les pigeons de la place de la Santa Veracruz s'en foutent, du moment que j'ai du pain à leur donner.

Phrases réussies

On ne pouvait pas dire que Javier Solis chantait bien, mais il arrivait à couvrir la trompette.

Gilberto Gómez Letras

1. Campus universitaire. *(N.d.T.)*

Tu as failli croire que tout était facile. Recommence et si ça marche, tu verras que c'est vachement dur.

Carlos Vargas

L'important n'est pas de pisser, mais de faire beaucoup d'écume.

Carlos Vargas

Un bon plan est comme un bon roman, il suffit de savoir le lire.

Javier Villarreal

J'aurais dû être secrétaire.

Gilberto Gómez Letras

Données fondamentales

Gilberto a été opéré deux fois de l'appendicite. La première, c'était « juste une hernie ». La deuxième, c'était vraiment ça. Les deux fois, on ne lui a pas vraiment bien expliqué les choses. Aujourd'hui, il affirme haut et fort que les êtres humains ont deux appendices. Il peut en témoigner.

Carlos a peur des colles au plastique. Il y a quelques années, il a travaillé dans un atelier où tous les menuisiers se droguaient à la colle Iris. Ils passaient des heures entières sous les établis, prostrés dans le sommeil morbide de la drogue, les narines dilatées, l'œil vitreux, les mains tremblantes. Carlos ne s'approchait jamais trop près de cette zone de l'atelier ; il éprouvait un mélange de peur et de compassion pour les trois ouvriers et le commis.

El Gallo est un fan de base-ball. Son équipe préférée : l'Unión Laguna. Malgré son fanatisme, qui lui fait suivre assidûment la saison sportive et échanger des commentaires passionnés avec Gilberto, le seul du bureau à l'écouter, il n'a jamais vu un match, même à la télévision. Il se contente de les suivre de temps en temps à la radio. Il s'établit ainsi une relation magique. Le base-ball tel que le conçoit El Gallo fait partie d'une réalité privée. Il soupçonne d'ailleurs que les battes et le diamant ne sont pas tels qu'il se les imagine, et que les balayages et les strikes n'ont pas grand-chose à voir avec sa version : il s'agit d'une réalité absolument privée.

Carlos vit seul dans un appartement délabré, immense, derrière le cinéma Ópera. C'était celui d'un vieux copain qui pratiquait la lutte libre et qui le lui a laissé, avec ses trophées et ses photos en prime, quand il est parti monter un élevage de porcs dans une ferme de Michoacán. De temps en temps, une des serveuses du restaurant de fruits de mer de l'Avenue Hidalgo monte coucher avec lui et Carlos, avec ses cinquante-cinq kilos, pose pour elle, lui montre la prise à genoux et l'étau, sous l'œil connaisseur des vieilles étoiles du ring, le double Nelson et le cadenas... la clé chinoise au lit.

Le père de Gilberto est mort il y a deux ans, celui d'El Gallo est président du conseil municipal de Saltillo et celui de Carlos est un cordonnier aveugle de soixante-dix ans.

Ils partagent tous trois le même amour du soda et du chocolat chaud avec des *donuts*.

Autoportraits : Gilberto

Ils doivent croire que je veux me lancer, que j'ai encore des idées de grandeur. Mais c'est ça la ruse. Je sais, et ils savent que je ne me lancerai jamais vraiment. Trop tard pour moi. Parfois même je pense que je suis trop vieux, fourbu, comme un cheval qui ne peut plus travailler. Parfois je pense que les choses sont très bien comme ça, que le mois dernier j'ai niqué ceux de l'immeuble de la rue Doctor Balmis et que je leur ai fait payer trois fois le prix, je me suis fait une bourgeoise à Polanco, et après la bonne de la maison d'à côté, j'ai pris deux bonnes cuites et corrigé le chef d'une bande qui avait emmerdé mes gamins. J'ai fait une super installation rue Parral, je suis allé au cimetière sur la tombe de ma mère, je me suis acheté une veste à carreaux noirs et blancs, j'ai rêvé de la Tigresa, j'ai acheté un tourne-disques avec un joli meuble à ma femme, j'ai appris à faire les additions à une de mes filles, je n'ai pas payé mes impôts, avec les amis c'est à la vie à la mort, j'ai vu un Romain à la gorge tranchée dans les toilettes du bureau...

Bon, je me suis jamais lancé, mais je lèche les bottes de personne pour manger, je n'ai de compte à rendre à personne sur avec qui je baise, je ne dois rien. Et puis Mexico c'est comme ça, une bande de salauds... Putain, quel irresponsable je fais.

7

Ici la chance a cessé de manquer le coche, on a allumé la lumière et on peut voir le chaos.

Francisco Urondo

La vie avait l'air d'hésiter entre les nuits et les petits matins. Les unes avaient les pieds fatigués de trébucher dans le piétinement de la ville, les autres déversaient une lumière crue et répandaient la confusion. Tandis que l'ascenseur montait les six étages en cliquetant et qu'El Gallo fredonnait une *ranchera*, Héctor décida de donner un coup de pouce à l'histoire, de l'obliger à se dévoiler. De lui assener des coups de marteau pour que les assassins aient un visage et une silhouette ou au moins un mobile. Que venait faire ce Zorak mort six ans plus tôt dans tout ça ? Il était fasciné par le personnage. Ce dernier avait atteint un niveau suffisant de gloire à la mexicaine pour le captiver. Fausse gloire qui frisait le ridicule, éphémère, commerciale et galvaudée.

À la porte de l'immeuble, une armée de vendeurs de journaux avait monté un système parallèle de distribution. Ils mettaient de côté les suppléments culturels placés à l'intérieur du journal, en faisaient des paquets entourés d'une corde, s'échangeaient les journaux, sortaient des papiers crasseux couverts de numéros illisibles, les consultaient, les commentaient.

Héctor leva les bras et s'étira. À ses côtés, El Gallo dissimula un bâillement et mit ses mains dans ses poches.

Au snack d'en face, deux hommes se décollèrent du réfrigérateur rempli de boissons fraîches auquel ils étaient adossés. Héctor les aperçut. Le soleil qui venait de se montrer tapait déjà. Les verres fumés des deux hommes lui envoyèrent un signal d'alarme qui lui donna une secousse. Il porta instinctivement la main à l'arme dissimulée dans l'étui placé sous son aisselle, sous son blouson.

L'un des deux hommes portait un costume gris bon marché, une chemise bleue ; l'autre avait les cheveux gras, en bataille, et portait un blouson en nylon bleu. Ils avaient tous deux les mains dans les poches.

– Écarte-toi, dit Héctor à El Gallo au moment où les deux types sortirent leurs armes. Ils se trouvaient à une douzaine de mètres de distance et traversaient la rue, semant la panique parmi les vendeurs de journaux qui leur rentraient dedans et entravaient leur marche.

El Gallo observa Héctor en souriant et ce ne fut qu'en voyant le pistolet dans les mains du détective qu'il tourna brutalement la tête pour chercher la cible. Un vendeur ambulant passa devant Héctor avec une pile de journaux haute d'au moins soixante-dix centimètres à l'arrière de son vélo. Héctor poussa l'homme et retint la bicyclette par le guidon.

La première balle se perdit dans la pile de journaux, fit voler des milliers de mots en éclats et remua l'odeur de l'encre fraîche. El Gallo s'était éloigné d'Héctor et un colt à canon long avait pris place dans sa main. Ébranlée par l'impact du coup de feu, la bicyclette tomba et Héctor se laissa entraîner. Dans sa chute, il chercha dans la ligne de mire de son automatique le corps du type aux cheveux gras, mais une femme avec un enfant sur un bras et un paquet de journaux dans l'autre lui bouchait la vue. Un deuxième tir atterrit sur la chaussée, perforant le blouson d'Héctor par ricochet. L'homme au costume gris resta un instant à découvert, alors qu'une détonation retentissait au milieu de la rue. Un troisième coup de feu éclata. Héctor riposta et l'homme porta les deux mains à son ventre. Le détective tira de nouveau et l'homme tomba à la renverse tandis que le sang giclait. À trois mètres à droite du cadavre, l'homme au blouson bleu perdit un instant précieux à regarder mourir son compagnon. Quand il tourna la tête pour repérer Héctor, une partie de sa mâchoire vola en l'air et son visage fit place à une moue sanguinolente. Héctor n'avait pas tiré. Couvert par une camionnette de *La Prensa*, El Gallo brandissait un revolver qui fumait légèrement. Les cris continuaient en écho aux coups de feu. Ils avaient commencé avec la fusillade, mais Héctor n'avait entendu que le bruit des détonations et le léger grincement de la roue de la bicyclette derrière laquelle il s'abritait, qui tournait dans le vide.

La foule se tut ; on n'entendait que les voitures sur Bucareli où n'avait pas encore soufflé le vent de panique provoqué par les coups de feu. Puis quelqu'un se mit à applaudir et les gens suivirent. Sous les ovations, Héctor se dirigea vers les deux cadavres tandis qu'El Gallo, rapidement métamorphosé en tueur à gages des romans de Marcial Lafuente Estefanía, le couvrait en tenant son colt à deux mains, pointé sur les corps étendus au milieu de la rue, dans une posture apprise dans les séries policières de la télévision.

Ils étaient morts, les verres fumés de l'un tournés

vers le ciel, ses deux mains essayant de recouvrir le trou qu'il avait dans le ventre. L'autre balle avait dû perforer le cœur, car le sang jaillissait et s'étalait en une immense flaque. Héctor lui ôta ses lunettes et plongea le regard dans ses yeux noirs et fixes. Le visage de l'autre se résumait à une bouillie sanguinolente. Héctor le fouilla, cherchant des documents. Il ne trouva que quelques billets et une carte des services de sécurité du métro. Idem dans la poche du deuxième. Héctor avait les mains maculées de sang qu'il essuya sur le pantalon du cadavre. Malgré le .45 automatique d'Héctor et le colt d'El Gallo, la foule des vendeurs de journaux n'avait pas reculé après la fusillade ; elle se rapprochait plutôt lentement en formant un cercle au centre duquel se trouvaient les deux cadavres et le détective, et, sur le pourtour, El Gallo derrière la camionnette de *La Prensa*. Peut-être parce qu'ils vendaient tous les jours le même produit en lettres d'imprimerie, peut-être parce que le sang coulait tous les quatre matins entre Donato Guerra et Bucareli à la suite de querelles qui se réglaient à coups de pied, de bouteille ou de couteau. Peut-être parce qu'ils avaient décidé qu'Héctor et El Gallo étaient les bons de l'histoire, ils n'avaient pas peur. Pendant ce temps, les enfants s'approchaient des cadavres et trois hommes se disputaient les pistolets restés à terre. Héctor rejoignit El Gallo.

– Je l'ai tué, non ?

– Si tu ne l'avais pas fait, c'était lui qui me trouait la peau. Avec mes remerciements, l'ingénieur.

– Je l'ai tué, non ? répéta El Gallo.

– Oui, et moi j'ai tué l'autre ; c'est dur de buter quelqu'un, même si c'est pour défendre sa vie.

El Gallo rangea le colt dans la poche de son blouson et s'éloigna. Héctor lui emboîta le pas. La foule s'écarta.

– Ce sont eux qui ont tiré les premiers, on les a vus, vous savez, dit un vendeur de journaux édenté.

El Gallo se retourna et demanda :

– Où on va ?

– Loin d'ici, pour réfléchir. Je ne veux pas d'ennuis avec la police.

Ils quittèrent les lieux et la foule se referma derrière eux.

– Pourquoi étais-tu armé ? demanda Héctor.

– Je gardais mon colt au bureau depuis quelque temps, depuis qu'on t'avait menacé de mort, il y a deux ans, et lorsque Carlos, le tapissier, a dit que ces deux-là étaient venus traîner chez nous, j'ai pensé... Je n'aurais jamais cru que ça marche, je n'avais jamais tiré un coup de feu et là, j'ai mis en plein dans le mille, en plus il bougeait. Je voulais juste lui faire peur.

Aussi étrange que cela paraisse, ils quittèrent la rue Artículo 123 sans que personne ne s'interpose ou les suive. De temps en temps, Héctor jetait un regard derrière lui, mais la ville n'avait pas changé. Quand ils tournèrent au coin d'El Caballito pour rattraper le Paseo de la Reforma, les sirènes de police commencèrent à retentir.

– T'inquiète, l'ingénieur, ces deux-là venaient pour nous descendre et c'est eux qui sont morts. On ne leur doit rien.

– Je l'ai tué, répondit El Gallo.

Un matin plein de soleil, Héctor Belascoarán et El Gallo Villarreal se séparèrent.

Il avait absolument besoin d'un endroit pour réfléchir, et, fidèle à son habitude de se réfugier dans les lieux les plus inattendus, il se retrouva dans une fête foraine près de la gare de Buenavista.

Il déambula entre les manèges à moitié déglingués. Les structures métalliques s'élevaient en grinçant, la musique du carrousel jouait beaucoup plus bas que la normale. Il fuit le stand de tir comme s'il l'avait brûlé, et, moyennant cinquante pesos, finit par convaincre le forain qui tenait la grande roue de la mettre en marche pour lui tout seul.

Voyageur solitaire, le détective Héctor Belascoarán Shayne revit à plusieurs reprises le double impact qui avait projeté l'homme aux cheveux noirs et au costume gris à terre. Il se repassa en boucle l'adieu aux cadavres. Maudit une histoire qui s'imposait à lui avec son cortège de sang sur les mains, de cadavres et de confusion. Là-haut, la grande roue lui offrait une vue sur les toits de la colonia Santa María, les tours de Nonoalco, le pont qui enjambait l'Avenue Insurgentes, les arrière-cours de la gare, les magasins de meubles de San Cosme et l'immeuble du PRI. Il cracha en direction de ce dernier, et la salive décrivit une belle courbe qui retomba sur un stand de tir de fléchettes.

Il avait trente-trois ans et avait gâché les trente premières années, ou, pour présenter les choses d'une façon tout aussi confuse, c'étaient les trente premières années qui l'avaient gâché. Changer de métier, d'endroit, de style, d'idées, chercher en grattant comme un lépreux la peau du pays, essayer de trouver un lieu, faire corps avec la violence ; tout cela se tenait et avait été bien vécu. En trois ans, il n'avait pas perdu le sens de l'humour, de l'auto-dérision. Il avait accepté l'idée que l'honnêteté implique le chaos, la confusion, la peur, la surprise. Qu'il y en avait assez des vérités premières, des recettes de cuisine qui durent toute la vie. Mais aujourd'hui, il ignorait qui et pourquoi on l'avait pris en chasse. Les forces du mal l'assaillaient. Des putains de forces sans visage. Il s'en moqua. Il se moqua du besoin de mettre un nom, même absurde, sur l'agression anonyme qui lui tombait dessus. Peut-être cela fut-il suffisant. Ce sourire. Il allait prendre les forces du mal par la peau des fesses. Et ceux qui lui envoyaient des cadavres de Romains, des photos et des vigiles des services de sécurité du métro. Il avait besoin de tout mettre sur le papier, de faire le ménage dans cette histoire et de s'atteler rapidement au travail. De donner tellement d'élan à cette affaire qu'elle allait les déborder, les obliger à commettre une erreur, à se montrer, à dévoiler leur jeu et à le laisser y participer. Et alors vlan, il leur prendrait le ballon, les maillots et même les shorts. Le mort était bien mort, et s'il devait y en avoir d'autres, il y en aurait. Et si c'était lui qui se faisait descendre, allez savoir pourquoi et comment, eh bien il mourrait. Mieux valait mourir que d'avaler de la merde.

La grande roue ne se laissa pas impressionner par l'euphorie du détective et continua à tourner tandis que Belascoarán avait hâte qu'elle s'arrête, pour chercher un endroit où prendre des notes et mettre de l'ordre.

Quand elle s'immobilisa tout en haut, il résuma l'idée maîtresse de toute l'affaire : si c'était les bons contre les méchants, il serait le bon, borgne et tout.

Mais les deux cadavres regardaient toujours le ciel à travers le corps d'un détective qui les contemplait. Probablement pour les achever.

Le lapin l'attendait. Il était assis au centre de la moquette, regardant vers l'entrée de ses deux yeux rougeâtres et brillants. Autour de lui, une multitude de petites boules noires. Il s'approcha du détective et lui lécha une chaussure. Il avait mastiqué la paille d'une chaise et détruit le balai. Par chance, il ne s'était pas fait les dents sur les livres.

Héctor le prit dans ses bras et se rendit à la cuisine en lui résumant ses théories sur les forces du mal et le moyen de les niquer. Il remplit d'eau une assiette creuse et lui donna deux carottes. Puis il ôta son blouson et sa chemise. Il plaça son arme dans sa ceinture, à même la peau pour le cas où. Il remplaça le disque de Jerry Mulligan par le premier de l'anthologie d'Armstrong et s'assit à table avec son carnet de notes et deux sodas devant lui.

1) On m'envoie deux cadavres (l'un en personne, l'autre en photo).

a) On veut m'intimider, mais pas m'impliquer dans l'histoire, puisqu'on enlève l'un des deux corps. Pour preuve, le billet pour New York.

b) Par conséquent, on veut que je laisse tomber l'affaire sur laquelle je travaillais et qui avait un rapport avec les macchabées. Comme je n'étais sur aucune affaire, on se trompe.

2) Les morts sont deux anciens assistants de Zorak, un mage-contorsionniste-équilibriste-homme de spectacle mort en 1973 en tombant d'un hélicoptère.

Le troisième homme du groupe (Le Capitaine Perro) me connaît de vue et s'enfuit quand il me voit.

3) « Eux », les forces du mal, sont organisés : billet pour NY, enlèvement du cadavre dans une caisse réfrigérée, vigiles des services de sécurité du métro, etc.

À ce moment-là, on sonna à la porte.

Héctor sortit son arme et quitta le périmètre qui pouvait se retrouver à découvert si on faisait sauter la porte.

– Qui est-ce ? demanda-t-il en se plaçant dos au mur et en ôtant le cran de sécurité.

– Marino Saiz, à votre service... Si vous voulez m'accorder un instant...

Héctor ouvrit, il y avait dans la voix quelque chose qui le rassura.

Un homme de petite taille, habillé avec soin et portant une mallette dans chaque main, entra.

Héctor mit son arme dans sa ceinture, dans le dos, et attendit, bras croisés.

L'homme posa ses mallettes par terre, observa le détective torse nu et, avec un geste d'impuissance (il n'y avait pas d'autres clients en ces temps difficiles), commença à réciter sa litanie.

– Je vous offre le meilleur album d'airs de *zarzuela*[1] qu'on puisse trouver sur le marché...

Héctor sourit. L'homme interpréta son sourire comme un assentiment et poursuivit :

– Huit disques des classiques de la *zarzuela*, la musique qui a ému la monarchie espagnole, et qui a adouci un demi-siècle de la vie de la péninsule ibérique...

Héctor sourit à nouveau. L'homme se lança dans une envolée triomphale :

– Et en supplément, offert pour l'acquisition de cet album, un disque des plus belles chansons de Sarita Montiel et sa photo dédicacée.

– Comment faites-vous pour la dédicace sur la photo de Sarita Montiel ? demanda le détective.

– Elle est déjà signée et je me contente de mettre votre nom en haut... J'ai exactement la même écriture qu'elle, il faut dire que je l'imite depuis onze ans.

---

1. Opérette espagnole. *(N.d.T.)*

– Et vous, qu'est-ce que vous pensez de la monarchie espagnole ? lui demanda encore Héctor.

– Moi, la monarchie, je m'en fous. Je suis socialiste... Mais la *zarzuela*, ça c'est raffiné... L'album inclut...

– N'en dites pas plus, vous m'avez convaincu, dit Héctor.

Après une brève transaction, l'homme dédicaça la photo à *Gilberto Gómez Letras, de la part de son amie Sara Montiel, sincèrement*, et empocha six cent quarante-cinq pesos pour l'album.

Quand la porte se referma, Héctor pensa qu'il n'avait jamais entendu de *zarzuela* de sa vie.

Il déjeuna dans un restaurant de troisième catégorie derrière chez lui puis, après avoir essuyé les traces de riz au lait sur ses lèvres, il sortit un papier froissé de sa poche et relut sa liste :

1. Mademoiselle S.
2. Le Capitaine Perro.
3. Les services de sécurité du métro ?
4. Circonstances exactes de la mort de Zorak ?

Il replia la feuille et la remit dans sa poche. L'après-midi bénéficiait d'un soleil doux qui parait les vitres et le ciel de reflets orangés.

Il avait un plan, il avait envie de se battre, son .45 était chargé. Il partait à leur recherche.

Avenue Insurgentes, il acheta les journaux de midi. En page trois, il y avait une première description de la fusillade sur Bucareli et Donato Guerra. Les déclarations du chef de section de la police judiciaire chargé de l'affaire, le commandant Silva (à nouveau ce nom, y avait-il un lien ?) se bornaient à signaler que les deux morts faisaient partie des services de sécurité et de surveillance du métro, et qu'ils avaient été exécutés par un tireur isolé (on ne mentionnait pas la présence d'El Gallo). Les témoins oculaires, qui se comptaient par centaines, n'avaient fourni aucune description de l'assassin inconnu.

Pas une seule allusion au fait que les hommes aux lunettes noires avaient tiré les premiers. L'article s'achevait en évoquant la possibilité d'une vengeance, une affaire de drogue, la prolifération du banditisme.

Comme il lisait le journal en marchant, il trébucha d'abord sur la branche basse d'un petit arbre, puis sur l'échelle qui dépassait d'une camionnette de la Compagnie du Téléphone de Mexico. La circulation augmentait. Des passagers étaient accrochés comme des régimes de bananes aux barres extérieures des bus. Les voitures freinaient bruyamment, la poussière soulevée se mêlait à la fumée des pots d'échappement. Du bruit, beaucoup de bruit. Il accéléra le pas jusqu'à la rue San Luis et tourna à droite. Était-il suivi ? Il obliqua de nouveau à droite au carrefour suivant, puis entra dans le hall d'une entreprise de travaux d'où il put observer la rue, dos tourné, grâce aux reflets sur la vitre du bureau de la direction. Au bout de deux ou trois minutes il abandonna et sortit. Il marchait d'un bon pas, trottant presque, ce qui le rendait difficile à suivre en promenade. Cinq ans auparavant, son ex-femme s'était lassée de se plaindre de l'allure à laquelle il marchait ; les gens avaient du mal à suivre. Héctor ne s'arrêtait pas devant les étalages ou les vitrines, il captait ses impressions au vol et continuait de son petit trot rapide. Il regardait alternativement par terre et en l'air, essayant d'empêcher l'après-midi de lui échapper complètement. Il entra dans une agence artistique à laquelle il avait un jour fait une fleur. Il se dirigea tout de suite vers le bureau de la sous-directrice et, sans frapper, passa devant la secrétaire et entra :

– Salut, détective.

– Salut, Yolanda.

La femme avait un téléphone en main et un autre calé sur l'épaule droite. Elle lui fit signe d'attendre et poursuivit la conversation.

Héctor regarda les murs familiers : articles de journaux, photos, quelques diplômes.

Yolanda raccrocha les deux téléphones en même temps.

– Qu'est-ce que je peux faire pour toi ?

De tous les métiers possibles, celui de détective, ceux de journaliste et de pute étaient peut-être les seuls qui obligeaient à entretenir une multitude de relations pseudo-amicales.

– J'ai besoin de voir la femme de Zorak, tu sais, Zorak... Elle se faisait appeler Mademoiselle S., ou quelque chose comme ça.

– Zorak, le contorsionniste, celui qui est tombé de l'hélicoptère.

– C'est ça.

– Aïe, ça va être dur, je ne crois pas que cette fille soit du métier. Je me trompe ?

– Je crois qu'avant d'être l'assistante de Zorak, elle travaillait comme mannequin, à ce qu'on m'a dit...

– Attends ! Une fille qui louche ?

– Oui, elle louchait, si je me souviens bien. Je ne l'ai jamais vue.

– Márgara Durán ! Elle pose pour une agence de photographes de la Zona Rosa.

Yolanda ouvrit un tiroir et en sortit une bouteille de cognac.

– Ça te dit, détective ?

C'était une femme d'une quarantaine d'années, à la

plastique impressionnante, blonde, maquillée, de tempérament joyeux. Deux ans auparavant, son amant avait tenté de la défigurer à l'acide et Héctor lui avait cassé deux côtes avec un cendrier en bronze. Tout cela au milieu d'une autre histoire (tout à fait anecdotique par rapport aux effets de l'acide et du cendrier en bronze).

– Non, l'alcool tue les petits garçons.

– Et les petites filles.

– Encore une question, Yolanda. Qu'est-ce que tu sais sur une certaine Melina et un lieu de perdition qui s'appelle *La Fontaine de Vénus*, sur San Juan de Letrán ?

– Sur le cabaret, rien, c'est la première fois que j'entends ce nom. Sur Melina, très peu de choses, elle est de Ciudad Juarez, et elle fait de petits numéros pas chers, en vedette, avec un peu de strip-tease. Elle a été la maîtresse d'un homme politique du PRI.

– Ah, c'est bizarre, dit Héctor, et il se leva.

Carlos, son frère, lisait allongé par terre ; ce fut Marina qui vint ouvrir. Elle avait deux pièces de puzzle à la main, et après avoir embrassé le détective elle courut vers la table pour en placer une. La petite pièce donnant sur la terrasse était *occupée*, il ne lui venait pas d'autre mot à l'idée pour la décrire : des livres, une petite table, quatre chaises collées au mur et coincées par la table, un coin-cuisine d'un mètre de large sur deux mètres cinquante de long, qui se terminait sur un réfrigérateur.

Il s'approcha de la table sur laquelle le puzzle reproduisant un tableau de Klee était en voie d'achèvement.

– Comment ça va, frérot ? demanda Carlos, par terre.

Héctor haussa les épaules.

– Vous avez un annuaire ? demanda le détective.

– Et à boire, dit Marina. Elle interrompit provisoirement ses activités et alla chercher l'annuaire sous l'une des chaises, le lui passa et se dirigea côté cuisine.

Le téléphone était à côté du puzzle.

– Monsieur Mendiola, s'il vous plaît... Écoute, vieux, l'autre jour tu ne m'as pas bien expliqué ce que tu savais sur la mort de Zorak. Je m'embrouille et ce type revient sans cesse dans l'histoire... Ça m'arrangerait vraiment si tu me mettais de côté les articles de journaux... Je passe demain matin. Merci, mon vieux.

Héctor raccrocha. Marina le regardait.

– Dis, Carlos, Zorak, c'est pas le type qui est tombé d'un hélicoptère il y a quatre ou cinq ans ?

– Six, dit Héctor.

– On dit qu'il entraînait les Faucons[1], dit Carlos en se levant.

– Quels faucons ? demanda Héctor.

– Bon sang, dans quel pays vis-tu, frérot ? demanda Carlos.

– Celui-ci, répondit le détective.

Marina lui mit un soda à l'orange dans les mains.

---

1. Police parallèle connue pour ses exactions. *(N.d.T.)*

8

Les Faucons

S'il y a un suspect dans ce pays, c'est la police.

Luis Gonzalez de Alba

Cette chose trouble, violente, avait déjà donné des signes de vie. D'abord pendant la grève d'Ayotla Textil, quand les groupes paramilitaires sortis du néant étaient arrivés en tirant des coups de feu, cassant tout, intimidant les grévistes sous le regard moqueur de la police. Puis lors de rassemblements au Politécnico, quelque temps avant le 10 juin. Malgré les signes, l'œil naïf de la gauche universitaire ne vit dans les deux phénomènes pas autre chose que la présence permanente et grandissante des gourdins et de la délinquance étudiante qui avaient fait leur apparition dans les écoles, après la défaite de mai 68. Cela ne semblait pas aller plus loin que les petites bandes au comportement versatile, mais toujours délinquant, qui pullulaient à l'Université, à la faveur des drogues introduites par les autorités sur les pelouses vertes de la cité universitaire, et des subsides versés par l'un des services annexes du rectorat. Des bandes constituées de huit, dix ou quinze membres abjects qui volaient, violaient, se soûlaient dans les patios, rackettaient les nouveaux et justifiaient socialement leur présence comme supporters dans les matchs de football américain. Aussi, le 10 juin, quand les étudiants décidèrent de redescendre dans la rue, n'attendaient-ils que la présence habituelle des *granaderos*[1] – tache bleue, regard hostile – qui comptaient maintenant six unités anti-émeutes créées deux mois plus tôt, auxquelles la mythologie estudiantine attribuait des pouvoirs étranges et multiples, comme celui de lancer des gaz, de l'eau, de la peinture, de tirer à balles réelles, de tirer tout simplement, se soûler et jouer l'hymne national, ou déclencher des sirènes assourdissantes, utiliser des rayons à infrarouges la nuit, renverser ceux qui se laissaient faire et passer outre les cocktails Molotov.

Et elles étaient là, encerclant le Casco de Santo Tomás, les six unités anti-émeutes flambant neuves, en uniforme gris-bleu mat. Il y avait aussi deux bataillons de *granaderos*, remplacés au cours des trois dernières années par de jeunes paysans sans terre de Puebla, Tlaxcala, Oaxaca, venus combler les trous laissés par les déserteurs de 68 ; ils avaient dépassé la période obligatoire de l'abrutissement des débuts et commencé à aimer ce petit pouvoir, cette petite impunité que procure l'uniforme. Ils avaient même eu droit à une piqûre d'idéologie sauvage du style : les étudiants sont contre la Vierge de Guadalupe, le communisme veut détruire le Mexique et ses enfants-héros, nous sommes le dernier bastion de la patrie ; et ils cachaient leur peur sous la nôtre.

---

1. Compagnies de sécurité officielles. *(N.d.T.)*

Mais malgré leur présence, ils ne sont là que pour nous intimider. Celui qui a la trouille quand il voit deux mille types en bleu n'a pas vécu. S'ils venaient faire de la répression, ils ne se montreraient pas aussi ouvertement. Nous défilâmes entre eux en les regardant dans les yeux, acceptant le défi, observant les prodiges technologiques du mal.

La rumeur selon laquelle, si l'on plaçait une pomme de terre dans le pot d'échappement d'un véhicule anti-émeutes ce dernier coassait comme un crapaud, s'était répandue et les regards curieux observaient le diamètre du pot d'échappement et calculaient l'épaisseur de la pomme de terre qu'on avait bien sûr oublié d'apporter, peut-être par bêtise, probablement par incrédulité.

On prit les couloirs de Melchor Ocampo, de San Cosme, de Avenida de los Gallos. Attention, le cordon de sécurité était ouvert à l'ouest, peut-être légèrement bloqué par les grilles de l'École normale et la structure même des Écoles supérieures du Politécnico, et on arriva sur l'esplanade du Casco, point de départ de six nouvelles revendications : qu'on arrête de nous emmerder à l'université de Nuevo Léon, liberté des syndicats, liberté pour les derniers prisonniers politiques. Et puis, tant bien que mal, chacun avait fait sa dernière analyse de la conjoncture économique et dit que le nouveau gouvernement avait besoin de consolider son ouverture, qu'on ne pouvait pas revenir à la répression, que les déclarations d'Echeverría incitaient à descendre dans la rue. Nous pour retrouver nos droits, lui, l'amphitryon, pour démontrer que le Mexique barbare de Díaz Ordaz n'existait plus, que les marges s'étaient un peu ouvertes et que la démocratie barbare cédait le pas à la barbare farce démocratique. Donc, nous étions tout beaux, avec nos jeans et nos chemises bleues, rouges et beiges, nos pantalons en velours côtelé et nos *paliacates*[1] autour du cou, nos blousons en gabardine malgré la chaleur, les chemisiers à manches courtes et les pantalons brillants des filles, les chemises blanches des étudiants de province dont c'était maintenant le tour parce qu'ils étaient nouveaux dans le Mouvement – le mouvement avec une majuscule, le point de départ, le *nec plus ultra* de nos vies et de nos naissances, notre référence en tant qu'êtres humains face au pays et à la vie tout entière – et ils avaient maintenant leur Mouvement à eux.

Puis la surprise de ce que, malgré le cordon de sécurité, nous arrivions à dix mille, plus, quinze mille même, et notre peur collective démontrait que la peur ne suffisait pas à nous arrêter et que nous étions là ; et alors sortaient des blousons les drapeaux rouges soigneusement, amoureusement dissimulés à l'arrivée, et on les dépliait sur des piquets provenant des locaux du Poli, et les banderoles brillantes se dressaient, portant de vieilles consignes revisitées. C'était l'euphorie, une euphorie teintée par la saveur aigre-douce de la peur en déroute, mais présente.

On eut à peine le temps de reconnaître les amis, d'identifier les groupes, de se dire bonjour. Bon sang, ce jour-là quand on est partis, comme les mains claquaient, pouce sur le cœur, elles se rencontraient et les doigts se refermaient, on claquait la paume d'un ami que l'on avait reconnu. Le département d'Économie de l'Université ouvrait la marche, suivi de celui du Poli, avec les visages familiers des étudiants qui venaient de sortir de prison ou de rentrer d'exil. La colonne s'engagea sur la Calzada de los Gallos et descendit par l'Avenida de los Maestros, les premiers chants se firent

1. Foulard mexicain à motifs généralement blancs sur fond rouge. *(N.d.T.)*

entendre. Quand la tête de la manifestation parvint sur la Calzada México Tacuba, la queue quittait le Casco.

Ils sortirent des rues latérales en criant : « Vive Che Guevara ! » Les *granaderos* leur ouvrirent le passage et les laissèrent traverser leurs rangs, les pancartes se montrèrent et eux, ils sortirent les matraques et se heurtèrent à la colonne. Le *Vive Che Guevara* se transforma en un étonnant *Vive LEA*[1], salauds. Ils entraient par Sor Juana, par Amado Nervo, par Alzate. À un point donné, ils se heurtèrent aux groupes de la Preparatoria Popular. Passée la surprise, les troupes de la Prepa Pop se réorganisèrent et chargèrent les intrus. Au milieu de la rue un étudiant de l'École de Commerce distribuait des coups de bâton aux envahisseurs. La tête de la manifestation était bloquée par les *granaderos*, dans la rue on se battait à coups de bâton, de nombreux étudiants couraient, la queue avait été coupée.

Alors on entendit les premiers coups de feu, les *granaderos* s'étaient retirés et on aurait dit que la manifestation se dirigeait vers le Cine Cosmos, que les agresseurs avaient été mis en échec. En fin de compte, ils n'étaient pas plus de trois cents armés de bâtons, et même s'ils pratiquaient le kendo, criaient en chargeant et étaient bien entraînés, ils ne pouvaient rien face à la joie mexicaine d'une génération d'étudiants qui, même s'ils constituaient une classe moyenne d'intellectuels, avaient appris la violence dans les quartiers, dans la vie quotidienne et le mouvement de 68. Alors on entendit les premiers coups de feu, une rafale de mitraillette en tête de la manifestation, tirée d'une voiture en marche, et les agresseurs revinrent armés de fusils M-1 et de revolvers, de mitraillettes et de gourdins supplémen-

1. Luis Echeverría Alvarez, président du Mexique de 1970 à 1976. *(N.d.T.)*

taires, et les *granaderos* ouvrirent à nouveau leurs rangs dans les rues latérales pour les laisser passer.

Certains, ceux qui pouvaient encore entendre, ceux qui écoutaient, saisirent un cri lancé par les jeunes aux cheveux courts qui attaquaient la manifestation : les Faucons !

Ce fut une après-midi de terreur, plus de quarante morts, la Croix-Verte prise d'assaut pour emmener les blessés de force, les coups de feu sur la foule, le cordon de police et plus tard l'arrivée de l'armée, les arrestations, le chaos, les perquisitions dans les maisons où beaucoup d'étudiants avaient pu se cacher, la débandade de la queue de la manifestation, les poursuites sur les terrasses, les tirs isolés des francs-tireurs qui durèrent jusqu'à la tombée de la nuit, les *granaderos* qui observaient, apparaissaient parfois et lançaient des gaz contre des groupes de manifestants isolés qui ne pouvaient se décider à fuir l'horreur et déambulaient dans le périmètre comme s'ils avaient une dette d'honneur qui les empêchait de détourner le regard du massacre.

Vers sept heures du soir, il commença à pleuvoir et les flaques de sang se diluèrent sur les trottoirs. La grille de l'École normale supérieure s'était enfoncée sous le poids de ceux qui avaient essayé de fuir en sautant par-dessus. Une ambulance aux pneus crevés était restée au coin de México-Tacuba et de l'Avenida de los Maestros, la lumière rouge clignotait sur le toit tandis qu'on entendait les dernières détonations. Vers huit heures, l'armée contrôlait toute la zone et les tanks firent leur apparition.

La version officielle parlait d'un affrontement entre étudiants, mais il y avait les photos des M-1 réglementaires de l'armée, celles des *granaderos* qui laissaient passer les hommes armés, les enregistrements de la fréquence de la police témoignant de la direction des opérations par des officiers de police et de l'intervention des Faucons. Guillermo Jordán, journaliste au quotidien *Ultimas Noticias*, découvrit les camions qui les avaient transportés, propriété du Département du District Fédéral, pudiquement peints en gris, les terrains où ils s'étaient entraînés dans la colonia Aragón et derrière l'aéroport, la sélection des Faucons parmi les soldats, et l'intervention des officiers de l'armée et de la police à l'entraînement. Et on oublia les morts, malgré le scandale, malgré les plaintes... Il n'y eut jamais aucun jugement, et les dossiers disparurent huit ans plus tard.

9

On respire mieux dans la tempête.

Michel Bakounine

Il devait être trois heures et demie du matin quand Héctor réprima un énorme bâillement et fit démarrer la Volkswagen. Un foulard rouge sang sur la tête, la vedette sortit de *La Fontaine de Vénus*. L'un des serveurs l'accompagna jusqu'à une Mustang.

La femme conduisait lentement et le détective n'eut pas besoin de pousser la voiture que sa sœur lui avait prêtée. Ils suivirent la large ligne droite qui allait de Reforma jusqu'à El Angel, où elle prit la rue latérale et fit une manœuvre pour se garer dans une rue de la colonia Cuauhtémoc. Les fenêtres du deuxième étage s'éclairèrent. Héctor conduisit la Volkswagen cent mètres plus loin et revint sur place afin d'observer la porte d'entrée depuis la voiture. Il hésita, alluma une cigarette et décida d'attendre. Il préférait ça, agir à la lumière du jour. La femme pouvait le conduire au Capitaine Perro, le problème était de savoir comment. Il s'étira en croisant les jambes sur le siège du copilote et s'apprêta à passer le reste de la nuit.

Il dormit par à-coups, d'un sommeil agité, inquiet et

superficiel. Les muscles tendus, l'esprit confus. À six heures du matin, une ambulance de la Croix-Rouge passa comme une fusée et la ville sembla revivre derrière elle : un car de ramassage scolaire, un cycliste qui transportait des journaux, trois ou quatre employées de maison.

Il sortit de la voiture en essayant de localiser la douleur diffuse qu'il ressentait dans le dos et n'y parvint pas. Il décida d'aller prendre le petit déjeuner avant de se lancer dans un interrogatoire sur fond de tango. Il s'était éloigné de quatre ou cinq mètres du véhicule en sens contraire à la maison de la vedette quand, par instinct et par routine, il tourna la tête. Une automobile rouge venait de se garer. Deux hommes en descendirent. À nouveau des verres foncés et des complets gris et bleus mal coupés. Il poursuivit son chemin jusqu'au moment où il put se dissimuler en partie derrière la structure métallique d'un kiosque à journaux. Les deux hommes discutaient avec un troisième qui était resté au volant ; puis ils s'éloignèrent et pénétrèrent dans l'immeuble.

Les forces du mal se trouvaient là.

Héctor porta la main à son revolver, en caressa la culasse.

Il fallait réfléchir vite. La rue se remplissait de lumière, et il passait de plus en plus de voitures au coin de Reforma. Un frisson le parcourut. Fallait-il y aller, ou attendre ? Peut-être était-ce juste de la paranoïa. Le doute le paralysa à nouveau. Si les hommes qui venaient d'entrer sortaient au moment où il neutralisait le chauffeur, il était foutu. S'il attendait...

Il se dirigea vers la voiture rouge en essayant de rester en-dehors du champ du rétroviseur. La rue était déserte. Il sortit son arme et s'approcha. L'homme se curait le nez avec l'index quand Héctor lui appliqua le canon de son automatique sur la tempe.

– Les mains sur le volant, l'ami.

– Ne laissez pas partir le coup.

– Il ne part que quand j'appuie sur la détente.

L'homme posa lentement les mains sur le volant. Avant qu'il ait achevé son geste, Héctor leva son arme et lui assena un violent coup de canon sur la tempe. L'homme laissa échapper un sanglot et s'écroula sur le volant. Le détective ouvrit la portière et le poussa sur le siège passager, les fesses tournées vers la rue. Il poussa encore. Le type laissait une tache de sang sur le siège. « Peut-être que j'ai exagéré. Peut-être qu'il n'a rien à voir avec les forces du mal. » Le détective se mit à rire. Les forces du mal. Le terme avait l'air disproportionné par rapport à ce pauvre type couvert de sang. Surveillant du coin de l'œil la porte de l'immeuble de la vedette, Héctor s'installa à la place du chauffeur et démarra. Sans forcer le moteur, il conduisit jusqu'à Reforma. Au stop, il en profita pour fouiller la masse immobile à ses côtés qui saignait toujours à la tempe. Un .38, une carte des services de sécurité du métro au nom d'Agustín Porfirio Olvera, une collection de photos pornos retenues par une jarretière, et de l'argent. Il jeta ce dernier sur le corps, fit le tour du pâté de maisons et se gara devant un terrain vague. Il descendit de voiture après avoir mis l'arme et la carte de l'homme dans la poche de son blouson. Il retourna d'un pas rapide vers le coin de la rue où était garée sa voiture. Rien. La rue était toujours déserte, solitaire. Idéale pour un duel. Un décor de western urbain. Une rue vide dans la colonia Cuauhtémoc à sept heures et demie du matin. Et maintenant, quel était le programme ?

Il entra dans l'immeuble et commença à monter l'escalier. Au premier étage, il y avait deux appartements, le 202 donnait sur la rue, c'était celui où l'on avait allumé la lumière. La porte était fermée. Y avait-il une cour intérieure ? Un escalier conduisant à la terrasse ? Il continua à monter. Les deux étages aboutissaient à une porte grise par laquelle on accédait à la terrasse. Il chercha l'interrupteur. Rien. De la terrasse, il observa les fenêtres du 202 : l'une correspondait aux toilettes, l'autre était masquée par un rideau rouge. Du point où il se trouvait jusqu'à la fenêtre des toilettes, il y avait quatre mètres. C'était peut-être plus facile de la cour, en utilisant l'échelle rangée dans un coin. La cour était inaccessible. Il fallait entrer par un des appartements du rez-de-chaussée. Il redescendit l'escalier. Au moment où il passait devant la porte du 202, cette dernière s'ouvrit. Héctor se trouva nez à nez avec un homme de trente-cinq ans, cheveux plats couleur aile de corbeau, moustaches très fines au-dessus des lèvres charnues, costume et cravate relâchée au col d'une chemise blanche. Il n'eut pas le temps d'en voir davantage. L'homme porta la main gauche à sa ceinture pour y prendre son revolver. Héctor le repoussa et sauta par-dessus l'escalier en cherchant son arme dans son étui. Dans son dos, résonna le premier coup de feu qui lui fit tomber des morceaux de plâtre sur la tête. En arrivant sur le palier intermédiaire, il s'arrêta et visa ; un instant plus tard l'homme apparut dans sa ligne de mire. Héctor tira. L'escalier s'emplit de l'écho de la détonation et de l'odeur de poudre. L'homme roula en portant les mains à son cou ; sa tête rebondit sur une marche aux pieds d'Héctor. Il en restait un. Le détective releva le cadavre tout en couvrant le vide de la cage d'escalier et il commença à monter en se servant du corps comme d'un bouclier. Le cadavre glissait et lui maculait la poitrine du sang qui coulait du cou transpercé. En arrivant au premier étage, il entendit deux autres détonations.

De la porte, le troisième homme tira sur le cadavre de son compagnon. L'une des balles se perdit, l'autre transperça la poitrine du cadavre et Héctor en ressentit l'impact dans sa chair. Il laissa glisser le corps tout en visant l'homme qui essaya de faire demi-tour et de s'enfuir. Il fit feu à deux reprises, l'une des balles perfora l'épaule de l'homme, la deuxième l'atteignit à la nuque et sa tête se fracassa comme un melon pourri. Il n'avait que quelques secondes devant lui. Dans le séjour, la vedette fixait le plafond, étrangement immobile, assise au bord d'un fauteuil recouvert de tissu orange. De ses lèvres fendues sous l'effet d'une gifle, coulait un mince filet de sang. Elle était vivante. À quelques mètres, le Capitaine Perro avait rejoint le Romain et le patron de *La Fontaine de Vénus*, étendu par terre, la gorge tranchée. Héctor s'approcha de la femme et tenta de la soulever ; c'était un poids mort. Ses yeux vitreux ne regardaient nulle part. Il lui lâcha le bras et descendit l'escalier en courant. Il détourna la tête en passant à côté des deux cadavres.

Il gagna la rue et marcha à pas lents en regardant l'immeuble dont il venait de sortir comme s'il avait été un badaud parmi d'autres. Quelques fenêtres s'ouvrirent et une femme en robe de chambre se montra dans l'entrée d'une maison voisine.

– Dites, jeune homme, vous avez entendu des coups de feu ?

Héctor, de dos, ne voulut pas se retourner. Son blouson dissimulait mal sa chemise maculée de sang.

– Je crois que oui, madame. Vous avez dû confondre, c'était sûrement des balles à blanc.

Il fit le tour du pâté de maisons en essayant de calmer son cœur qui faisait des bonds comme un équilibriste fou. Il respirait avec difficulté, il avait mal dans la poitrine. Il remonta le col de son blouson, mit les mains dans ses poches et eut froid, très froid. Il avait tué deux hommes de plus.

Le sang avait séché sur sa chemise et le froid avait cédé la place à un mal de tête intense et lancinant. Une demi-heure après la fusillade, il avait tout passé en revue et découvert qu'ils avaient eu deux fois l'occasion de le tuer. Si le deuxième homme avait tiré plus bas quand il avait sauté dans l'escalier, si le troisième avait visé la tête au lieu de la poitrine du cadavre de son compagnon. Deux fois. La voiture rouge parcourut à nouveau le circuit du Parque México, pour la huitième fois au moins. Il s'était arrêté dans un parking de la Zona Rosa, et, dans l'obscurité du sous-sol, avait transporté le type évanoui dans le coffre du véhicule. Maintenant il avait besoin de connaître le programme. Dans les bons romans policiers, tout était clair, et même quand le détective était troublé, son trouble était clair. Rien de semblable à cette situation qui faisait penser au coton Johnson et Johnson empaqueté sous vide. Ses mains tremblaient depuis qu'il avait pris le volant, et il avait par moments des sueurs froides. Il sourit dans le rétroviseur. Ça faisait cet effet, la mort des autres ? Ça faisait cet effet.

Il devait produire de la haine ; le sourire triste, la peur, ne suffiraient pas à éviter que ses poursuivants ne finissent par le tuer. Il avait eu de la chance jusqu'à présent, mais cela n'allait pas durer éternellement. Il devait haïr, il devait savoir. Il dirigea la voiture vers chez lui, au sud de la colonia Roma.

Il trouva Merlín Gutiérrez, son propriétaire, technicien radio de profession, devant chez lui. Il se gara à sa hauteur.

– Ah, détective, heureusement que vous ne dormiez pas chez vous, bon sang.

– À quoi vous pensez, Merlín ?

– Eh bien, hier soir, deux ou trois types patibulaires traînaient par là. À un moment, je les ai trouvés en train de vous attendre sur le palier. Je n'ai pas aimé leur dégaine. Ils sont partis tôt, vers six heures.

– Je peux vous demander un service ?

– Suffit de demander, l'ami. Et s'il s'agit d'un conflit avec l'État capitaliste, encore mieux.

– Disons que je ne sais pas si c'est contre l'État ou un seul type, mais j'ai un fils de pute dans le coffre de ma voiture. Pendant que je monte, surveillez-le, qu'il n'aille pas se faire la malle.

– Je prends un marteau et j'arrive.

Le technicien radio s'éloigna de quelques pas et revint avec un marteau. *Ils étaient passés ici avant d'aller chez la vedette*, pensa Héctor. Il descendit de voiture et monta l'escalier à grandes enjambées.

La porte avait été forcée et s'ouvrit rien qu'en la poussant avec deux doigts. Sur la moquette, au milieu du séjour, il vit le lapin égorgé.

Héctor entra dans sa chambre, prit deux paires de chaussettes, une chemise, échangea son blouson couleur café contre un noir avec des poches plus grandes. Il mit deux chargeurs de .45 dans l'une d'elles et un troisième dans son automatique. Au moment de sortir, il prit le livre qu'il était en train de lire et le mit dans l'autre poche. Il referma doucement la porte et dit mentalement au revoir au lapin. Devant l'entrée, Merlín Gutiérrez était fidèle au poste, assis sur le coffre de la voiture rouge.

– Merlín, je vous charge d'enterrer mon lapin.

– Quel lapin ?

– Un lapin mort en plein milieu de la moquette.

– Un vrai lapin ?

– Absolument.

– Ah bon.

– Peut-être que je ne reviendrai pas avant quelques jours... Si je ne rentre pas du tout, je vous lègue les livres sur la guerre d'Espagne qui sont dans la bibliothèque du couloir et qui me viennent de mon père.

– J'espère que ça n'arrivera pas. Le vieux agita le marteau qu'il tenait à la main en guise d'adieu et sourit.

Il arrêta la voiture au milieu des arbres, à un endroit où le bois de pins était moins dense. Il sortit son automatique et ôta le cran de sécurité. Le soleil filtrait entre les arbres. Il se refléta d'abord dans le rétroviseur puis sur le métal bleuté de son arme. Au loin, mêlés aux trilles des oiseaux et au doux sifflement du vent entre les arbres, on entendait les bruits intermittents des voitures sur la route. Il ouvrit le coffre qui grinça en se relevant automatiquement. L'homme recroquevillé avait l'air mort. Héctor s'écarta d'un mètre, visa et attendit. Il n'y eut aucune réaction.

– Je compte jusqu'à dix et je tire.

L'homme ne bougea pas, recroquevillé, une tache de sang séché à la tempe et la mâchoire déboîtée.

– Un... deux... trois... quatre... cinq... six...

– 'ttendez. J'y vais. C'est juste que je me sens très mal.

Il se releva peu à peu en s'appuyant sur le bord du coffre.

– Mon pauvre Porfirio, t'es mal barré, dit le détective.

L'homme le regarda. On lisait de la peur dans ses

yeux, mais la bouche et la dureté de la mâchoire révélaient seulement l'envie de tuer.

– Tes deux copains sont morts. Tu comprendras que j'en ai rien à foutre de tuer quatre ou cinq d'entre vous. Un de plus, un de moins... Mais si tu me dis ce que je veux savoir, je pense que je te laisserai partir. Je n'ai aucun plaisir à tuer... Cartes sur table, l'ami. Assez bavardé. Tu collabores, ou je te plombe ?

Le type fixa les yeux d'Héctor, puis le pistolet, puis revint aux yeux d'Héctor.

– Vous n'avez qu'un œil de bon.

– L'autre, je l'ai perdu à la guerre, mais comme ça je vise mieux, je n'ai pas besoin de le fermer, il se ferme tout seul, répondit Héctor.

Si le type ne disait rien, il allait devoir le tuer. Il se foutait de la vie d'Agustín Porfirio Olvera. En deux jours, il avait appris qu'il se foutait de la vie des tueurs à gages des forces du mal. Qu'ils mouraient dans la saleté, perdaient beaucoup de sang, mais qu'on ne pleurait pas sur eux.

– Où tu travailles ?

– Vous savez bien... Aux services de sécurité du métro.

– Qui est ton chef direct ?

– Le commandant Sánchez.

– Vous êtes un service autonome, ou vous dépendez de la police du D.F. ?

– On est autonomes, mais la police nous délivre les permis. C'est le métro qui paie et qui nous engage.

– Tu y travailles depuis quand ?

– Soixante et onze.

– D'où tu es ?

L'homme le regarda lentement. Pour une fois, il ne répondit pas tout de suite à la question. C'était comme si l'interrogatoire sortait du cadre.

– De Pachuca, mais mes vieux sont venus dans le D.F. quand j'étais gamin.

– Quel âge tu as ?

– Vingt-neuf ans.

– Marié ?

Il fit oui de la tête.

– Avec combien de nanas ?

Le type remua la tête d'un côté à l'autre et tenta d'ébaucher un sourire, mais il réagit à temps et toucha sa blessure à la tempe. Il essayait de s'humaniser, de provoquer la pitié.

– Il y avait des flics du Département d'État qui circulaient en ville dans des camionnettes sans plaques, ils tombaient sur les vendeurs ambulants, jetaient leur marchandise à terre, emportaient les grils des étalages de *hot cakes* et les mandarines des Marías[1]. Tu as travaillé là, non ?

– Comment vous le savez ?

– J'en ai entendu parler.

Le type faisait plus de vingt-neuf ans, il était endurci. Les yeux un peu en amande, avec des poches, les cheveux gras.

– Combien tu gagnes ?

– Neuf mille par mois plus les primes.

– Primes de quoi ?

– D'assiduité, et pour les services spéciaux.

– Genre ?

– Vous descendre.

– Combien on te paie pour ça ?

– Vingt mille pesos.

– Pour toi seul ?

– Pour tous les trois, on partage.

---

1. Indiennes qui viennent vendre des fruits dans la capitale. *(N.d.T.)*

– Qui paie ?

L'homme se tut. Héctor leva son arme et visa, d'abord le poumon gauche, puis le bras. S'il ne l'intimidait pas maintenant, il n'en obtiendrait rien.

– Je vais tirer, d'abord au bras. Si je ne t'intimide pas maintenant, je ne le ferai jamais et tu ne me diras pas ce que je veux savoir. Si je te mets une balle dans le bras, une autre dans la jambe, que je te fais sauter les doigts de pied, tu me diras vite combien ton patron a de poils au cul. Tu comprends ? Je vais le faire, sans prévenir...

– Le capitaine Estrella.

– Le commandant Sánchez n'a rien à voir ?

– C'est un nouveau, il ne fait pas partie des nôtres.

– Qui ça, les nôtres ?

– Ceux qui sont entrés en 71.

– En juillet-août.

– Par là.

– Après le 10 juin.

– Après.

– Quand est-ce qu'on vous a dit de vous occuper de moi ?

– Hier après-midi.

– Tu connaissais ceux qui sont morts sur Bucareli ?

L'homme acquiesça.

L'interrogatoire sautait d'une question à l'autre, sans s'arrêter à décortiquer les réponses, picorant ici et là, pêchant des bribes d'information. Héctor voulait ainsi empêcher l'homme de forger une chaîne de mensonges.

– Combien d'entre vous travaillent encore à la surveillance du métro ?

– Entre trente et quarante.

– Et les autres ?

– Certains sont devenus gardes du corps, d'autres

sont retournés à l'armée, ou se sont tirés chez eux, se sont mis dans le gros business, à leur compte, d'autres sont morts.

– Qui est derrière le capitaine Estrella ?

– Je sais pas.

– Tu as connu Zorak pendant les entraînements ?

– Je veux. Lui, c'était un bon, un malin.

– Qui a tué le Capitaine Perro ?

– El Chino, celui qui faisait équipe avec moi dans la voiture.

– Tu connaissais le Capitaine Perro ?

– C'était l'un des assistants de Zorak.

– Quel genre d'entraînement Zorak vous faisait-il subir ?

– Purement physique. Il nous apprenait à respirer, il nous montrait des exercices.

– Qui a tué Zorak ?

– Je sais pas.

– Qui a tué les deux mecs qui bossaient avec Zorak ? Celui qui s'habillait en Romain et l'autre.

– El Chino. C'était un as du poignard... Vous l'avez tué ?

Héctor acquiesça. Il se sentait fatigué. On aurait dit que la mort n'avait rien à voir avec aucun des deux. Qu'on leur accrochait les morts dessus comme de petites médailles sur une statue du Christ. Elles servaient juste à prouver qu'il était un homme de foi.

– Ils ont des bureaux ?

– Qui ?

– La surveillance du métro.

– Oui.

– Où ça ?

– À la station Juanacatlán. On s'y retrouve le matin avec le commandant Sánchez et il nous dit ce qu'on doit faire...

– Et le capitaine Estrella ?

– Lui et Barrios, ils nous donnent le reste, le boulot secret.

– Sánchez sait que vous avez des activités parallèles ?

– Il doit bien s'en douter, il est pas si con.

– Qui vous a fait entrer au métro ?

– Je sais pas. On nous a juste dit d'aller à tel endroit, d'apporter des photos et une lettre qu'on allait nous donner, et de ne rien dire à personne...

– Tu as tiré, le 10 juin ?

– Oui.

– Au fusil.

– Au pistolet... Sans viser.

– Quand on vous a dit de vous occuper de moi, quels étaient les ordres ?

– Ils ont dit que vous aviez eu Guzmán et la Panthère, que vous en saviez trop, que vous pouviez ressortir l'histoire du 10 juin.

S'il lui mettait une balle dans la jambe pour l'immobiliser, le temps qu'on le retrouve en plein Desierto de los Leones, il se serait vidé de son sang. S'il le relâchait, il allait donner aux autres des renseignements qu'Héctor n'était pas pressé qu'ils aient.

– Déshabille-toi, Agustín Porfirio, mon vieux, dit le détective en levant son arme à la bonne hauteur pour braquer la tête de l'homme. Je vais te faire une faveur... Tu ne voulais pas devenir maman, bientôt ?

– Si vous devez me tuer, me les faites pas sauter, supplia l'homme en enlevant sa cravate grise froissée.

Mendiola n'était pas là, mais il avait laissé une enveloppe sur son bureau. Héctor l'ouvrit au milieu de l'agitation de la salle de rédaction et s'assit pour lire.

Deux photographes sportifs passaient à côté de lui et le chef de la rubrique spectacles draguait au téléphone à voix plus forte que nécessaire.

Les coupures de presse racontaient une histoire très simple : Zorak avait été engagé par une nouvelle zone d'habitations pour participer à un festival promotionnel du dimanche. L'acrobate allait faire une démonstration qui commencerait par son arrivée en hélicoptère, suspendu à dix mètres de l'appareil par un câble attaché au poignet. À dix mètres du sol, Zorak se détacherait du câble et se laisserait tomber sur un tas de sable. La performance avait été annoncée tout au long de la semaine par voie de presse et des voitures pourvues d'un mégaphone avaient fait une énorme publicité dans toutes les colonias environnantes.

Vers midi, l'hélicoptère apparut. Zorak sortit de la cabine de pilotage et se suspendit dix mètres plus bas au bout du câble. À cinq cents mètres du point d'arrivée, l'hélicoptère décrivit une étrange boucle et remonta en donnant une secousse. Zorak décrocha à cinquante mètres au-dessus du sol et tomba dans une des rues de la zone nouvelle. Quand les secouristes de la Croix-Rouge, qui étaient là davantage pour s'occuper des gens qui se trouvaient mal que du personnage central, arrivèrent près de lui, il était déjà mort. Il avait le poignet disloqué.

Rien de plus. L'explication officielle était qu'en raison de la secousse donnée par l'hélicoptère et provoquée par un trou d'air, le mécanisme de sécurité qui reliait le câble au poignet de Zorak s'était ouvert.

Héctor remit les coupures dans l'enveloppe et fit un mot de remerciement pour Mendiola.

Le type était resté nu, attaché à un arbre, dans le Desierto de los Leones. Maintenant il fallait se débarrasser du véhicule rouge et récupérer la Volkswagen d'Elisa. Il téléphona à sa sœur d'une cabine proche du journal et lui dit où il avait garé sa voiture ; il lui souffla une excuse au cas où la police lui demanderait quelque chose.

Après avoir patienté quelques minutes pour laisser à Elisa le temps d'arriver à la colonia Cuauhtémoc, Héctor arrêta la voiture rouge à deux cents mètres de la maison de la vedette et se rendit à pied au coin de Reforma. De là, il voyait la porte d'entrée et la Volkswagen, garée vingt mètres plus loin. Il y avait une patrouille de police mais la rue semblait tranquille, déjà désertée par les curieux. Le service de ramassage des morts et la police avaient dû passer deux heures plus tôt. Elisa arriva en taxi et marcha jusqu'à sa voiture sans que personne ne tente de l'en empêcher. Au moment où sa sœur passa devant lui, Héctor lui fit signe de le suivre. La Volkswagen derrière lui, il parvint à la voiture rouge.

– Dis, tu peux me suivre ?

– Qu'est-ce qui se passe ?

– Je vais faire un petit feu d'artifice dans le métro, à la station Juanacatlán. Suis-moi.

– Tu me mets dans un de ces pétrins, frérot.

Ils conduisirent assez près l'un de l'autre pendant dix minutes. Héctor alluma l'autoradio et chercha le bulletin d'informations de midi sur Radio Mil.

Il ne le trouva pas et resta sur une station qui diffusait de la musique tropicale où Acerina montrait clairement l'indigence de ses cuivres comparés à ceux de l'Orchestre Symphonique National.

En sortant du périphérique intérieur, il s'arrêta à une station-service et acheta quatre litres et demi d'essence qu'on lui mit dans un bidon en plastique.

Il gara la voiture rouge en face de la station Juanacatlán, sur l'Avenue Pedro Antonio de los Santos, et répandit le contenu du bidon à l'intérieur avant de descendre. Elisa avait arrêté sa Volkswagen cent mètres plus loin. Héctor trempa dans l'essence un bout de la corde qu'il avait utilisée pour attacher l'homme dans le Desierto de los Leones, et le plaça dans le réservoir. Il venait de se fabriquer une jolie mèche. En sortant, il alluma une cigarette et approcha le briquet de la pointe de la corde imbibée d'essence. Il eut juste le temps de s'enfuir à toute vitesse ; l'essence enflammée parcourut la corde en deux secondes, puis une cascade d'incendies et d'explosions se déclencha. Héctor se sentit projeté en avant par une masse d'air brûlant pleine d'éclats de feu.

– Quelle brute, frérot, tu as dû plonger la mèche entière dans l'essence.

– M'engueule pas, j'ai mal partout à cause de cette putain d'explosion.

Au loin, la voiture brûlait devant la bouche de métro, entourée d'un nombre croissant de badauds. La Volkswagen démarra.

– Pourquoi t'as fait ça ?

– Pour qu'ils sachent que c'est pour de bon.

– Quoi donc ?

– La guerre entre le corps des détectives privés et les forces du mal.

– Et qui est le corps des détectives privés ?

– Moi, sœurette... Ces deux derniers jours, j'ai tué trois hommes.

Elisa le regarda en silence. Héctor s'étira sur son siège et rejeta la tête en arrière.

– Emmène-moi manger quelque part, dit-il.

On le laissa entrer dans le studio-photo. On aurait dit que c'était une pratique habituelle que les clients ou supposés comme tels pénètrent librement dans la maison, c'était sûrement l'un des aspects de la soi-disant sophistication du commerce de la photo publicitaire, un élément de plus à ajouter aux cheveux longs des photographes et au strip-tease des mannequins dans les endroits les plus inattendus : derrière une colonne, au milieu de la pièce, dans un fauteuil. Ça, et la quantité d'éléments absurdes qui décoraient les trois pièces communiquant entre elles qui constituaient le studio : téléviseurs démontés, rouleaux de toile phosphorescente, une motocyclette pourvue d'un side-car, une série de statues de proconsuls romains en plâtre, plusieurs squelettes d'horloges murales, une collection d'oiseaux empaillés, des bouteilles de vermouth couvertes de cire colorée...

– Cambre-toi, tu fais une pub pour des collants, pas pour du jus de raisin.

– Augmente la lumière frontale, mon joli.

– Passe-moi l'angulaire, Rolando.

– Maintenant toutes les deux, celle avec le smoking à gauche.

– Il y a beaucoup d'ombre.

Mademoiselle S. (Marga la bigleuse, la Mobiloil, Márgara Durán) avait une magnifique paire de jambes (c'était peut-être le secret pour faire une publicité pour des collants : deux jambes ; pour des montres : un joli poignet ; pour des sanatoriums pour tuberculeux...) et semblait fatiguée. Héctor s'appuya à un mur couvert de réflecteurs et de panneaux publicitaires pour des compagnies aériennes et il attendit.

– Rolando, j'en ai marre, dit mademoiselle S.

– Encore une, chérie.

Après le clic, la femme sortit du cercle de lumière et s'approcha d'Héctor.

– Márgara Durán ?

Elle lui jeta un regard interrogateur. Son strabisme

était léger et donnait une certaine grâce juvéniie à une femme qui devait friser la quarantaine.

– Il faut que je vous parle.

– Si vous voulez bien m'attendre une minute, on peut aller à la cafétéria du coin. Héctor accepta.

La femme commença à enlever ses collants.

– Vous pouvez m'attendre là-bas si vous êtes fatigué. Vous avez l'air fatigué.

Héctor acquiesça.

– J'y serai dans dix minutes, juste le temps de me démaquiller.

La cafétéria était déserte. Trois tables et un comptoir avec des gâteaux derrière la vitrine. Au mur, un carton annonçait qu'il y avait du lait d'orgeat frais.

Héctor mit sa tête entre ses mains et recommença à ruminer : toujours la même histoire, la mort des autres. Tuer. Il était déconcerté. On suppose qu'il faut réagir violemment face à la mort, que les êtres humains ne sont pas nés pour se descendre les uns les autres. Peut-être que si ? La réponse se grava entre ses sourcils pour y rester.

Est-ce qu'il aimait ça ? Le pouvoir, le goût du pouvoir sur la vie d'autrui. La justesse de son tir, son sang froid, la rapidité des réflexes, l'avantage insoupçonné d'être borgne et que sa vue se soit adaptée à l'absence de l'œil gauche pour compenser et améliorer son tir. Où avait-il appris à tirer aussi bien ?

– J'ai été longue ?

Héctor releva la tête et regarda la femme en face.

– Qu'est-ce que vous prenez ?

– Toi aussi tu as un œil nase.

– Je n'ai pas d'œil.

– Un accident ?

Héctor confirma.

– Qui a tué Zorak ?

Elle le regarda fixement. Son visage commença à se transformer. Il passa du sans-gêne juvénile du mannequin fatigué par dix heures de travail à l'air tendu d'une femme mûre fatiguée par les six dernières années de sa vie.

– Tu es journaliste ?

– Détective privé.

– Qu'est-ce que c'est ?

– Je ne suis pas policier, je n'achète et je ne vends rien. Je travaille seul. Et j'ai besoin de savoir, parce que ceux qui l'ont tué veulent me tuer.

– Je sais qu'on l'a tué, j'ignore qui, mais je sais comment. Je n'ai jamais rien pu prouver, et puis à quoi bon ? Qui aurait bien pu s'intéresser à cette mort-là ?

– Il était blessé au poignet, ce qui prouve que le câble n'avait pas lâché au niveau du cran de sécurité qu'il avait installé. C'était à cause de la secousse de l'appareil...

– J'y étais. J'ai vu remonter l'hélicoptère. Après, le Capitaine Perro a parlé au pilote qui lui a dit qu'il y avait eu un trou d'air. Mais si c'était vrai, pourquoi ont-ils insisté sur le fait que le cran de sécurité avait lâché ?

– Qui est le Capitaine Perro ?

– Un ami à lui, de Durango. Quand ça marchait pour nous, un jour il est venu lui demander du boulot et Zorak l'a engagé comme garde du corps.

– Pourquoi avait-il besoin d'un garde du corps ?

La femme ne répondit pas.

– Et Leobardo ? Et l'autre type, le patron du cabaret ?

– C'étaient ses aides, ses assistants. Beaucoup de mécanismes que Zorak utilisait pour ses tours ont été fabriqués à la menuiserie de don Leobardo. Ils l'aidaient à les préparer. Il les répétait avec eux et moi pendant des jours.

– Zorak a entraîné les Faucons, non ?

– Qui ça ?

Elle le savait, mais elle esquivait, tournait autour du pot.

– Qui a payé le pilote pour donner la secousse ?

– Ses ennemis.

– Qui étaient ses ennemis ?

– Ses adversaires, qui enviaient son succès. Il était le numéro un, et personne n'aurait jamais pu le détrôner...

– Vous savez que c'est des conneries, ma petite... On a tué Zorak parce qu'il pouvait raconter ce qu'il savait sur le 10 juin. Il avait joué un rôle privilégié dans l'entraînement des Faucons. Il connaissait les chefs, ceux qui étaient derrière tout ça.

– Je ne vois pas de quoi vous parlez.

Héctor se leva.

– Vous savez quoi, chère mademoiselle S., vous pouvez payer la note.

Il sortit sans se retourner.

Il s'était coupé en se rasant et regarda le petit filet de sang courir sur sa joue. Cela suffit à le convaincre de se laisser pousser la barbe. S'il allait dans la *selva*, si les lianes s'écartaient sur son passage, que les cannibales suivaient ses traces, et que l'air était rempli d'une odeur de mort, que le sang coule sur son visage, et que sa barbe pousse.

Carlos tomba sur Héctor en entrant dans la salle de bains et interrompit la séance de contemplation du détective. Il prit sa brosse à dents dans l'armoire de toilette derrière le miroir et versa de l'eau dans le verre.

– Tu dois te chercher un endroit pour vivre, affirma-t-il.

– J'avais pensé aller d'hôtel en hôtel. Un chaque soir, répondit Héctor en séchant le sang avec un morceau de papier hygiénique.

– Tu ne devrais pas. Les hôtels minables sont le territoire de la police ; les shérifs de la judiciaire et les fédéraux y sont comme chez eux.

Héctor jeta le papier couvert de petites taches de sang dans les toilettes et tira la chasse. Carlos commença à se brosser les dents.

– Quel est le meilleur endroit de la ville pour réfléchir ? demanda le détective.

– La station Pino Suárez, derrière une colonne, vers sept heures du soir, quand les hordes passent, dit Marina en entrant dans la pièce. Héctor se mit de côté pour la laisser passer. Elle prit sa brosse à dents derrière la glace.

– Le restaurant au dernier étage de la Latino, dit Carlos.

– Les balançoires du parc España, résuma Héctor.

Ils l'avaient d'abord mêlé à l'assassinat des deux assistants de Zorak, sans qu'il ait demandé un rôle dans la distribution. Ils l'avaient élégamment invité à quitter Mexico. Ensuite, énervés parce qu'il ne partait pas, ils s'étaient mis en tête de le prendre en chasse. Puis de venger leurs morts.

Si quelqu'un pouvait comprendre quelque chose à toute cette saloperie, ce n'était pas lui, pensa Héctor sur sa balançoire.

10

Un détective digne de ce nom ne se marie jamais.

Raymond Chandler

Les journaux ne parlaient plus de l'affaire, le commandant Silva (quand cesserait-il de n'être qu'un nom qui traversait cette histoire impunément ?) ne faisait pas de déclarations, Melina était à l'hôpital, les trois écuyers de Zorak, la gorge tranchée par El Chino, à la morgue, El Chino et trois de ses acolytes avaient été descendus par le .45 de Belascoarán et le revolver du Far West d'El Gallo. Rien, le calme plat, il aurait aussi bien pu partir pour Acapulco, changer de métier et se marier...

Le cours moqueur de ses pensées s'arrêta là. Si tout cette histoire était insensée, si Porfirio Díaz écrivait le scénario d'un feuilleton pour la radio et Cuauhtémoc faisait de la publicité pour de la lessive à la télé, si les méchants au pouvoir étaient à jamais amoraux, si tout devait continuer de la sorte, il pouvait bien commettre la dernière des folies et se marier une nouvelle fois.

Tout serait préférable à traîner en ville sans oser rentrer chez lui, sans pouvoir s'asseoir dans son vieux fauteuil au bureau et regarder passer les nuages, avoir droit à la tristesse ou à la nostalgie, oppressé par ces trois foutus cadavres.

Se marier avec qui ?

Là, le coup de poinçon de l'amour remis à plus tard frappa fort entre les deux yeux, cela faisait beaucoup de solitude ces derniers jours, trop pour le détective privé borgne.

Il mangeait une glace à trois parfums nappée de chocolat, avec des bananes et des fraises, de la crème Chantilly et des noix dessus, dans un salon de thé de la colonia Santa María où il n'était pas retourné depuis l'adolescence, quand il décida de se marier.

En cherchant l'origine de l'idée matrimoniale, il découvrit qu'il pressentait la mort au milieu de cette histoire absurde de Romains et de Faucons, et il ne voulait pas mourir sans être revenu à l'amour quotidien.

Il voulait une semaine de vie conjugale avant de quitter le D.F. pour toujours.

Il faillit éclater de rire au moment où, constatant qu'il brassait ce genre d'idées, il leva la tête et rencontra son regard dans le miroir du salon de thé.

C'était lui, toujours le même. L'œil immobile d'un côté du visage, la cicatrice, l'air de chien triste qui brisait parfois son sourire. Ses trente-trois ans hallucinés et opiniâtres.

Il étudia la façade de la maison avec l'attention d'un technicien du Moyen Âge au cours d'un siège. Puis il enleva son blouson et le posa à terre. Son automatique se retrouva à découvert, révélant sa toute puissance dans l'étui en cuir. Il prit son blouson et le renfila. L'immeuble comptait trois étages, une façade blanchie à la chaux masquée par une vigne vierge qui descendait de la terrasse située sur le toit, en s'appuyant sur un petit arbre. Sur l'une des terrasses privées, la cage d'un perroquet. Le soleil donnait sur les vitres de l'appartement du rez-de-chaussée et se reflétait sur le visage d'Héctor. Sans prévenir, le détective s'élança soudain et resta accroché à l'une des branches basses de l'arbre. Il se balança et remonta lentement une jambe. Comme, à Mexico, tout spectacle gratuit bénéficie instantanément de spectateurs, deux lycéens portant une sacoche usagée et des cravates d'uniforme crasseuses et mal ficelées se postèrent sous le détective, dès qu'il eut gagné la branche.

– Cinq cents balles qu'il se casse la gueule, dit l'un d'eux.

Héctor cracha en direction du sinistre pronostiqueur qui se rejeta brusquement de côté.

– Écoute, mec, c'était pour rire.

Une deuxième branche, placée cinquante centimètres plus haut, lui permit de s'approcher du balcon où se trouvait le perroquet. À ses pieds, une domestique qui rapportait du pain et un homme avec une bouteille de gaz sur l'épaule, avaient rejoint le public.

– Salut, beauté, lui dit le perroquet.

D'un pied, Héctor prit appui sur la rambarde de la terrasse et, tandis que la toile de son pantalon se déchirait sur une branche pointue, il leva les deux mains pour essayer d'atteindre le bord inférieur du balcon du deuxième étage. Il chancela un instant, on aurait dit qu'il allait tomber. Finalement, sa main droite, puis la gauche, s'accrochèrent au rebord. En tâtonnant du pied, il chercha un point d'appui dans la vigne vierge et se redressa. Le public, auquel s'était jointe une fillette avec une poupée sous le bras, récompensa l'acrobatie par des applaudissements.

– Salut, beauté, répéta le perroquet.

– Salut, abruti de perroquet, répondit Héctor.

Ses doigts s'agrippèrent à la grille métallique qui protégeait la partie inférieure de la terrasse et il grimpa jusqu'au moment où il put s'accrocher à la balustrade.

Il sauta par-dessus et secoua la poussière de son pantalon. Satisfait, le public se dispersa deux étages plus bas. Héctor s'approcha de la porte-fenêtre.

À travers la vitre on voyait une pièce avec une moquette blanche brillante et juste une petite table au centre. Sur l'un des murs, une grande carte du District Fédéral couverte de punaises de couleur et de dessins dans les marges.

Elle sortit de la cuisine. Elle portait une jupe longue qui touchait terre et rien d'autre. Elle marchait pieds nus sur le tapis, un verre de jus de fruit à la main et sa poitrine dansait doucement au rythme de ses pas. Héctor frappa doucement du bout des doigts ; la jeune fille laissa tomber son verre et cria quelque chose qui ne parvint pas aux oreilles du détective, étouffé par la lourde porte-fenêtre. Il lui montra la porte qui donnait sur la terrasse, fermée de l'intérieur. Elle se couvrit la poitrine du bras et se mit à rire. Sans prêter attention aux signes d'Héctor, elle sortit par où elle était entrée dans le séjour.

Il alluma une cigarette. La fille à la queue de cheval regagna la pièce deux minutes plus tard. Elle avait mis un chemisier blanc et tenait un autre verre de jus de fruit à la main. Héctor lui désigna à nouveau la porte fermée, elle sourit et s'assit devant lui sur la moquette blanche. Héctor l'imita en s'asseyant sur la terrasse.

Face à face, séparés par la vitre, silencieux, ils fumèrent pendant une demi-heure, se fixant droit dans les yeux ou le regard vague. Peut-être parce qu'il faut laisser reposer l'amour pour qu'il se réchauffe à l'intérieur de chacun, parce que les derniers jours avaient été difficiles, ou parce qu'on ne peut pas prendre d'assaut une femme, même si on a escaladé des étages, ils se laissèrent gagner par la tristesse. Elle se leva et se dirigea vers un électrophone qui se trouvait sous le plan de la ville, puis revint s'asseoir. Elle hésita, se leva et ouvrit l'une des fenêtres qui donnaient sur la terrasse. Assis par terre, Héctor put entendre les accords de guitare du début d'une chanson de Cuco Sánchez. Il sourit.

La lumière de l'après-midi déclina pour laisser place à une clarté douce, sans reflets, mais nette. Une demi-heure plus tard, Héctor ralluma une cigarette, la fille à la queue de cheval porta les mains dans son dos et défit le premier bouton du chemisier, puis le second. Pour déboutonner le troisième, il lui aurait fallu l'adresse d'une contorsionniste ; puis vinrent les boutons des manches. Héctor contemplait ce strip-tease triste et doux quand il fut envahi par une violente sensation de solitude. Elle enleva le chemisier par la tête en tirant sur les manches : ses seins se retrouvèrent à l'air. La fille à la queue de cheval sourit.

Il faisait sombre maintenant. Elle ne se leva pas pour allumer, et la pièce et la terrasse furent plongées dans les dernières lueurs de l'après-midi et les premiers reflets des néons des lampadaires. Héctor enleva son blouson, son étui à pistolet et sa chemise et les entassa à côté de lui, puis il ôta son pantalon. Lorsqu'il se rassit, ses fesses protestèrent contre la froideur du sol. Il chercha ses Delicados à bouts filtres dans le tas de vêtements, en alluma une et avala la fumée jusqu'à s'en remplir les poumons.

– Allez, misérable borgne, entre, tu vas mourir de froid, dit la fille en ouvrant la porte.

– Ils ne seront contents que lorsqu'ils t'auront descendu, dit El Gallo.

Ils étaient assis sur un banc au milieu du Parque Hundido. Des enfants, très jeunes, passaient à côté d'eux en courant ; ils portaient un uniforme, une blouse à carreaux rouges et un pantalon bleu, et criaient une étrange litanie : « Batman et Robin entrent en action, et Batgirl dans son caleçon. »

– J'aimerais connaître le pourquoi de toute cette histoire, dit Hector. J'éprouve une curiosité malsaine.

– Une curiosité malsaine ?

– C'est ce que disait mon ex-femme chaque fois que je m'intéressais à quelque chose qui n'aurait pas dû m'intéresser.

El Gallo prit un cigare court et le fit rouler entre ses doigts.

– Putain, il rôdent autour du bureau comme des chiens. Ils surveillent ta maison...

El Gallo alluma son cigare, ils se levèrent et sortirent.

– Et toi, l'ingénieur, comment ça va ?

– J'ai passé deux jours à trembler... c'était bizarre, un mélange de peur, de dégoût et de culpabilité... Puis je me suis dit : faut pas déconner. J'ai tué un salaud, oui, je l'ai tué, j'avais une bonne raison. J'ai caché mon arme et repris ma vie, et voilà. Ils n'en ont pas après moi, ils ne me recherchent même pas. Je suis juste un des types du bureau.

– Tu sais, je vais me marier, dit soudain Héctor.

– Ce qui me tracasse, c'est que ça n'a pas de fin. Il n'y a pas de fin heureuse à cette histoire, répondit El Gallo. Héctor sourit, l'avalanche de gamins les dépassa en courant.

– Qui sont-ils ? Combien ? Qui les protège ? demanda El Gallo.

– Tous.

– Qui ça, tous ?

– Eux tous, répondit Héctor Belascoarán Shayne en désignant une bonne partie de la ville d'une main qui fendit l'air d'un geste vague.

– Et comment tout ça va-t-il se terminer ?

– Quand ils me retrouveront, je crois, dit le détective sur un ton très sérieux.

– Il y a du boulot pour un détective privé, en Afrique ou en... ? Enfin, loin.

– Il y en a sûrement pour un ingénieur, c'est pour ça que je n'y vais pas, acheva Belascoarán.

Ils étaient arrivés à Insurgentes. Une matinée ensoleillée, beaucoup de voitures descendaient vers le sud. Ils se dirigèrent sans s'en rendre compte vers un marchand de glaces ambulant.

– Et maintenant, qu'est-ce que tu vas faire ?

– Je vais me marier.

– À part ça.

– Je vais vérifier tout ce que je pourrai et les niquer autant que je pourrai.

– Qui ça ?

– Les méchants, dit Héctor et, regardant le marchand de glaces, il commanda deux boules chocolat-citron.

– Drôle de mélange, dit l'ingénieur Villarreal, alias El Gallo.

Mais c'était une chose de se promener avec El Gallo dans le Parque Hundido un matin ensoleillé, et une autre de marcher seul, poursuivi par les morts. Il ne suffisait pas de dire « les méchants », il fallait leur trouver un nom, un visage, un contexte. Héctor, qui ne s'était jamais heurté au pouvoir, voyait l'État comme le grand château de la sorcière de Blanche-Neige, d'où sortaient non seulement les Faucons, mais aussi les diplômes d'ingénieur et les programmes de Televisa. Il n'y avait pas de nuances. C'était une machine infernale de laquelle il fallait s'éloigner. Ou alors il voyait des personnes réelles avec qui entamer des duels épiques et précis. Il passait d'une vision à une autre : du match simplifié Bakounine contre l'État, au match simplifié Sherlock Holmes contre Moriarty. Il n'y avait rien entre les deux, c'était peut-être là la cause du jeu avec les « méchants » ambigus, parce que chez eux les deux versions se confondaient.

Il changea de chaîne et obtint une perspective plus précise, bien que certainement moins exacte : les Faucons. Le 10 juin. Zorak. Le métro, quarante d'entre eux qui existaient encore en tant que groupe. Le capitaine Estrella comme tête visible.

S'ils n'étaient que quarante, pensa Belascoarán. S'ils n'étaient que quarante, ils auraient une limite : trois que j'ai eus, un qu'El Gallo a descendu, un qui est resté à poil dans le Desierto de los Leones et qui se retrouve hors de combat :

$$\begin{array}{r} 40 \\ -5 \\ \hline 35 \end{array}$$

Cette encourageante conclusion en tête, il se lança à nouveau dans les rues.

Carlos avait bu. On le voyait à ses lèvres gonflées, à ses yeux bleus tout petits et injectés de sang. Marina n'avait pas, elle non plus, le visage d'une épouse angélique à son cinquième mois de grossesse, mais elle fit un effort et se leva pour aller préparer le café.

– Qu'est-ce qui t'arrive ? lui demanda son frère.

– Va te passer de l'eau froide sur la figure avant

qu'on se raconte nos problèmes, répondit le détective qui laissa tomber son blouson sur une chaise et s'écroula sur une autre.

– C'est ça, qu'il parle à quelqu'un ! cria Marina en les regardant pendant qu'elle mettait de l'eau à chauffer sur le petit poêle.

– L'eau est si froide que ça ? demanda Carlos.

– Plutôt.

Carlos laissa les cigarettes sur la table et partit vers la salle de bains. D'une façon ou d'une autre la taille de la pièce avait obligé les choses à prendre une dimension humaine, à l'échelle. Tout était à portée de main et on n'avait en général que deux gestes à faire. Il y avait des objets superflus, mais pas trop. Par contraste avec l'abondance inutile dans laquelle il avait vécu des années auparavant et le chaos de ces derniers temps, Héctor adorait la petite pièce sur le toit.

Marina s'approcha, posa deux cafés sur la table et un soda devant Héctor. Son gros ventre esquiva le dossier de la chaise.

– Fille ou garçon ? demanda Héctor.

– Qui est le détective ?

Carlos sortit de la salle de bains en s'essuyant le visage. Sa tignasse rousse lui tombait sur les yeux. Il passa près d'Héctor en trébuchant sur ce dernier et déplaça la table pour se faire une place sur la chaise collée au mur ; il prit la tasse de café et la posa devant lui. Marina s'assit et sourit.

Héctor finit le soda et sortit ses Delicados longues à bouts filtres.

– Ça vous dit ?

Carlos et Marina acceptèrent.

Héctor rejeta la fumée par la bouche et le nez, comme à l'époque de la Prepa. Face à lui, une photo de Ricardo Flores Magón le regardait fixement. Au-dessous, une phrase qu'il avait déjà lue et qui s'appliquait à Carlos : « Nous n'avons pas peur de l'abîme, l'eau qui tombe est plus belle. »

– Voyons, le gouvernement crée les Faucons en 1970 et les utilise le 10 juin, avant de les dissoudre...

– Parce qu'il était débordé par le scandale, dit Carlos.

– Eh puis, pour ce qui est de les dissoudre... dit Marina.

– En tant que corps...

– S'ils n'ont jamais existé, ils ne pouvaient pas non plus être dissous, dit Carlos.

– Disons que, lorsque le groupe a été démantelé, ils sont allés travailler dans les services de sécurité du métro, et huit ans plus tard, ils y sont toujours, nombreux, environ quarante, sous les ordres du capitaine Estrella (capitaine de quoi ?). Ça, c'est une partie de l'histoire. L'autre, c'est que Zorak meurt dans un accident dont les circonstances ne sont pas très claires, un an après la dissolution des Faucons. Qui a tué Zorak et pourquoi ? L'organisation des Faucons ? La police ? Et on dirait que tout s'arrête là, mais il y a quelques jours, huit ans après la fin de ces deux histoires, tout recommence. D'abord don Leobardo, le cou tranché dans les toilettes du bureau, puis la photo de don Agustín. Ils ont tous deux été assistants de Zorak.

– Tes morts, dit Carlos.

– Mes deux premiers morts, répondit Héctor. Et c'est là que commence une partie de chasse hallucinante qui me fait tomber sur les hommes du capitaine Estrella, ceux qui font partie des services de sécurité du métro. À nouveau la connexion Zorak-Faucons. On me conseille de rester en dehors de tout ça, mais on me met dedans pour que je me tire, après... Ça n'a ni queue ni tête. Puis on tue le Capitaine Perro, le troisième assistant de Zorak, et on essaie de me tuer. Je sais qui c'est, mais j'ignore pourquoi.

Héctor se leva.

– Il te reste du soda ?

Marina lui montra le réfrigérateur. Pour ouvrir la porte, il dut pousser un balai et deux seaux. Il y avait deux Cocas et du jus d'orange ; il choisit le jus d'orange.

– Qu'est-ce que tu vas faire ? demanda Carlos.

– Je vais continuer.

– Jusqu'où ?

– Jusqu'où ils me laisseront.

Marina et Carlos échangèrent un regard. Ce fut elle qui prit la parole.

– C'est de la folie... Écoute, ils en ont après le gouvernement. Ne vois pas en petit, mais en grand. C'est comme si tu essayais de rassembler des preuves comme quoi un ancien président du gouvernement a détourné des fonds importants ; tu peux le faire, mais tu n'obtiendras jamais un procès.

– Alors qu'est-ce que je peux faire, putain ?

Marina et Carlos se turent. Héctor but une longue gorgée, alluma une cigarette et en savoura la fumée.

– C'est insensé de notre part de lui conseiller la clandestinité. Avec qui ? En pleine réforme politique. Ah ! Ah ! dit Marina à Carlos. Et un scandale de cette taille ne sera pas couvert par les partis politiques autorisés. Tu imagines le P.C. avec ce genre de problème entre les mains ?

– Essaie de comprendre l'arrière-plan de l'affaire, disait Carlos à Marina. Jusqu'à présent, le seul élément dont il dispose, ce sont les preuves qui relient les Faucons à la sécurité du métro, et celles qui relient cette dernière à l'assassinat de trois pauvres types qui ont été les assistants d'un mage de cirque. Imagine que tu déclenches un scandale. Tu obtiendrais tout au plus le démantèlement des quarante ex-Faucons de la sécurité du métro. La seule chose véritablement importante, c'est de savoir pourquoi ils sont si pressés de faire disparaître la connexion avec Zorak.

Héctor les regardait tous deux.

– Suppose que tu démantèles le groupe du métro. Tu continueras avec la P.J. ? La Brigade Blanche[1] ? Et puis avec tout le camp militaire numéro un ? C'est absurde, tu vas te faire tuer.

Héctor acquiesça à toutes les questions et à la dernière affirmation, puis demanda :

– J'aimerais savoir pourquoi.

– Putain, parce qu'on est à Mexico, répondit Marina.

Le reste de l'après-midi se passa à parler de romans policiers, de leurs jeux d'enfants, des vieux instits de l'école. C'était comme s'ils avaient offert une trève aux assassins de Zorak. Ils ouvrirent la porte de la pièce sur la terrasse en tendant la main de l'endroit où ils étaient assis, et le soleil éclaboussa un coin de moquette. Peu après, un chat arriva et s'étira dans le triangle de lumière. Vers six heures, Héctor finit le dernier Coca. La pause était terminée.

– Vous avez une idée ?

– D'abord, il faut... dit Marina.

– Parce que, ce que... dit Carlos.

– Un autre café, Carlangas ? proposa Marina. Carlos fit signe que oui.

Marina se leva et fit deux pas vers le petit coin-cuisine. Elle était jolie avec ce ventre disproportionné. L'ancienne maigre était même belle. Héctor se surprit

1. Escadron de la mort composé de policiers en civil. *(N.d.T.)*

à sourire puis il intercepta un regard admiratif de Carlos. Alors la colère de Carlos n'était pas contre Marina ni contre son futur neveu-nièce, il s'agissait d'autre chose qui se manifestait par deux lignes horizontales sur son front.

– Ils sont vivants, c'est sûr, dit Marina.

– Qui ça ?

– Les Faucons, répondit Carlos. Ils ne les ont pas mis au rancart à la sécurité du métro, il ne s'agit pas d'un travail destiné à les faire disparaître. Il y en a peut-être d'autres, ailleurs, dans d'autres états de la République. Ils sont vivants et ils vont les rappeler.

– C'est ça, ils pensent les rappeler, sinon ils seraient plus discrets, dit Marina.

– Supposons que vous ayez raison, il y a quand même quelque chose qui les fait flipper, qui les a poussés à commettre trois assassinats et à me prendre en chasse. Quelque chose qui a un rapport avec Zorak... Je n'avais jamais vu ces trois types : Leobardo, le propriétaire du cabaret, le Capitaine Perro... Mais eux, ils croient que les autres m'avaient transmis ce qui les rendait dangereux, ils croient qu'il y avait un rapport entre les trois ex-assistants de Zorak et moi. Une chose qui relie les Faucons du 10 juin au passé, ou à une autre qui est en train de se préparer. Au futur...

– Je pense que c'est plutôt ça, dit Carlos. Plus que le 10 juin, le passé. Le 10, c'est de l'histoire ancienne. Je crois que l'appareil peut très bien supporter une nouvelle mise en cause. Il y a quelque temps, Heberto Castillo est revenu sur la question, et ils ont avalé un peu plus de merde et un peu plus de terre, mais ça n'est pas allé plus loin. Que pouvaient savoir les assistants de Zorak ? Je crois que ça a plus à voir avec quelque chose qui va arriver et qui est lié au fait que le groupe paramilitaire est et reste organisé.

Héctor alluma une nouvelle cigarette et réfléchit en silence. Le soleil avait fui le triangle, le chat l'avait suivi. Carlos et Marina se prirent la main sur la table repoussant le verre, les tasses, les bouteilles de sodas vides, les paquets de cigarettes froissés.

– De toute façon, je vais me marier, dit Héctor.

11

Si nous pouvons nous approcher du Tigre, nous mettrons du liquide ophtalmique dans ses yeux irrités par le gaz.

Kaliman, version radiophonique

Bien qu'on lui ait tiré dessus à moins de dix mètres, la rafale de M-1 dispersa ses balles autour d'Héctor ; l'une d'entre elles arracha des morceaux de ciment au mur qui se trouvait derrière lui, une autre traversa la doublure de son blouson de cuir noir, une autre encore perfora l'estomac d'une femme qui passait et fit éclater sa hanche en six morceaux.

Héctor distingua nettement le visage de l'homme qui était descendu de la voiture en marche et tirait, le M-1 sur la hanche ; il devait avoir trente-trois ans, comme lui, les yeux exorbités, les lèvres serrées, une mèche de cheveux lui tombait sur le front.

La portière côté conducteur s'ouvrait, un homme vêtu d'un costume à petits carreaux, un .45 automatique à la main, commençait à descendre. Héctor s'adossa au mur tout en portant la main à son arme. Le mur céda ; il partit à la renverse et trébucha sur un tricycle abandonné. Il se trouvait dans la cour d'un immeuble, l'écho des coups de feu persistait, la femme blessée dans la rue criait *Mon Dieu ! Mon Dieu !* Tenant son arme à deux mains, Héctor visa la place que le tueur occupait une seconde auparavant – la portière vibrait encore. L'homme au M-1 arriva en courant, l'arme à la main. Héctor tira sur ce visage qui venait vers lui. Il se trouvait à moins de trois mètres et le visage se décomposa tandis que la détonation retentissait dans le couloir. Pistolet en main, le deuxième homme entra en faisant feu, mais le cadavre de son complice sans visage lui tomba dessus. Les deux balles s'échappèrent vers les fenêtres du deuxième étage. Héctor fit feu à nouveau, la balle pénétra dans le costume, dix centimètres au-dessous de la clavicule de l'homme, perforant le poumon. L'impact le fit pivoter sur lui-même. Héctor s'avança vers lui et arriva à temps pour tirer un troisième coup à bout portant dans l'estomac de l'homme qui s'écroulait.

Sautant par-dessus le cadavre, il regagna la rue, pensa qu'il n'oublierait jamais cette intersection des rues Vértiz et Doctor Navarro, à cinq heures de l'après-midi, la lumière crasseuse, le smog, la voiture aux portes ouvertes dont les jantes mordaient sur le bord du trottoir, la femme qui criait moins fort maintenant : *Mon Dieu !* L'écho des tirs qui refusait de sortir de ses oreilles, deux patrons de *taquería* qui regardaient la femme blessée avec un air de connaisseurs en matière de violence, de connaisseurs des humeurs malignes quotidiennes du D.F. Il rangea son arme dans son étui et partit rapidement. Il traversa la rue en évitant un autobus et s'enfonça dans la colonia de los Doctores. Ses mains tremblaient, les tirs résonnaient toujours dans sa tête et ne partaient pas, ils restaient, ils étaient là pour toujours. Et il refusait de penser au visage qui se décomposait sous l'impact de la balle.

Il avait peur, une peur poisseuse et incontrôlable qui imprimait ses marques extérieures, d'un bout à l'autre de son corps. Elle apparaissait, brutale, comme si on avait tiré sur les bords de la cicatrice au-dessus de l'œil, se transformait en une irrépressible envie d'uriner, réapparaissait comme une pression sur sa poitrine, le tremblement de ses mains allait et venait, il avait un goût acide de pourriture dans la bouche, l'estomac révulsé. On avait beau dire que la peur est dans la tête, il savait qu'elle était dans le corps, dans le pressentiment de la peau avant la mort. Tout serait-il ainsi désormais ?

Il lui fallut une demi-heure pour conclure que les abords de l'hôpital n'étaient pas surveillés. Rien qui fût susceptible d'éveiller des soupçons, d'interrompre le flux des jeunes mamans qui portaient un bouquet de fleurs, des familles angoissées, des femmes en pleurs, l'arrivée de deux ambulances par la rampe des urgences, un sportif à la cheville brisée qui sortait faire une petite promenade dans le jardin, six enfants qui jouaient. Si tant est qu'il y avait une surveillance, elle se trouvait plutôt à l'intérieur, à l'étage, dans la chambre.

Avec une blouse blanche achetée à El Tranvía, boutique d'uniformes qui consentait d'importantes réductions, Héctor devint le docteur Belascoarán, et entra dans le sanatorium avec un sourire en béton digne d'une publicité pour dentifrice. Il alluma une cigarette en sortant de l'ascenseur, au troisième étage, et adopta une allure de docteur (le pas un peu plus rapide que d'habitude, le regard vague, le sourire standard imprimé sur la bouche) pour se diriger vers la porte de la chambre trois cent seize. Rien. Il mit la main dans sa poche, ses doigts touchèrent le métal du pistolet, et il poussa la porte. À côté du lit, un homme assis dans un fauteuil regardait la télévision, tirant de la main droite sur la pointe de sa moustache. Melina dormait, éclairée par la lumière douce, bleutée, qui entrait par la fenêtre. L'homme regarda le docteur Belascoarán qui refermait la porte du talon. Le temps de réagir il était trop tard, Héctor lui avait appliqué son arme sur le front, et il appuyait, de sorte que le canon lui faisait peu à peu une marque, juste au centre, *comme un troisième œil*, ni plus ni moins, pensa le docteur Belascoarán avec un sourire radieux de publicité pour dentifrice. S'il ne pouvait désormais plus évacuer la peur, il allait du moins jouer avec.

– Bonjour, dit Héctor.

L'homme crispa les mains sur les bras métalliques du fauteuil. Melina se releva.

– Il est armé, dit-elle.

Sans cesser de presser le pistolet sur le front de l'homme, Héctor passa la main sous sa veste et en sortit un revolver dans un étui placé sous le bras.

– J'aimerais avoir une conversation avec vous... seul à seul, dit-il à la vedette qui s'était complètement redressée en s'appuyant sur un bras et arborait un sourire un peu niais. Elle fit un signe à l'homme et ce dernier se leva. Héctor l'obligea à reculer vers la porte du cabinet de toilette et, en poussant, l'aida à s'asseoir sur la cuvette des W.-C. La pièce n'avait pas de fenêtre. Héctor sourit.

– Les vêtements, mon cher.

– Quels vêtements ?

– Les vôtres, enlevez-les tous.

Soumis, le tueur commença à se déshabiller. Héctor prit les vêtements et les jeta sur le lit. L'homme avait une longue cicatrice sur la poitrine et sa nudité révélait la teinte grisâtre de sa peau.

Héctor sortit du cabinet de toilette, appuya le fauteuil contre la porte en la refermant et s'assit dessus.

– Si je t'entends, je reviens te faire taire, dit-il à voix haute.

Melina avait gardé son sourire niais, de sorte que le détective reprit son sourire de réclame.

– Combien sont-ils ?

– Deux, l'autre vient la nuit... Ils ont des cartes de police. Ce sont des policiers...

– Les mêmes que l'autre fois. Ceux qui ont essayé de vous tuer.

La femme était tendue.

– Je vous ai dit que je ne savais rien.

– Si je n'étais pas arrivé à temps, après le Capitaine Perro, c'était votre tour.

– Merci, dit-elle.

Héctor ne savait pas quel tour donner à la conversation. Il alluma une cigarette.

– Je vous ai dit que je ne savais pas qui avait tiré, que je ne m'étais rendu compte de rien, qu'ils étaient arrivés et l'avaient tué, Fernando...

– Fernando ?

– On l'appelait le Capitaine Perro... Je vous ai dit qu'ils l'avaient tué, et qu'ils m'avaient frappée, puis qu'il y avait eu une fusillade, mais je n'ai rien vu, que...

Il y eut un silence.

Avec son arme, Héctor donna un coup de pistolet sur la porte du cabinet de toilette.

– Tu es bien silencieux, mon vieux... Tu réponds, ou j'entre ?

– Ça va, répondit la voix étouffée de l'homme à la peau grise et à la moustache.

– Que veulent ces fils de pute ? demanda Melina, la vedette de *La Fontaine de Vénus*.

– C'est ce que je veux savoir. Vous connaissiez

bien le Capitaine Perro, le patron du cabaret et le Romain.

– Quel Romain ?

– Celui qui s'habillait en Romain pour votre numéro de Cléopâtre.

– Don Leobardo.

– Vous les connaissiez bien. Vous saviez qu'ils avaient tous les trois un rapport avec Zorak ?

– Bien sûr, ils en parlaient toujours, « avec Zorak, du temps de Zorak », c'était leur grande époque à tous les trois, les pauvres. Le Capitaine Perro était son assistant, son garde du corps, pour ainsi dire ; don Leobardo lui préparait ses trucs, s'occupait de la menuiserie, forgeait les instruments, les fausses menottes et les cercueils truqués, et don Agustín Salas, le patron de *La Fontaine de Vénus*, était son manager... Ils parlaient tout le temps de Zorak.

– Quelque chose avait changé, ces derniers temps ?

– Ils étaient assez mystérieux, se réunissaient tous trois dans le bureau de don Agus et parlaient pendant des heures.

– Le Capitaine Perro ne vous a rien dit ?

– Il ne me disait jamais rien d'autre que : « Ce que tu es mignonne, ma petite ». C'était comme un disque rayé, je l'avais déjà quitté trois fois et même comme ça...

Héctor sourit.

– Où vivait le Capitaine Perro ?

– À Balbuena.

Héctor nota l'adresse au dos d'une carte pour des fêtes enfantines dont il ignorait comment elle avait pu atterrir dans la poche de sa blouse blanche neuve.

– Et vous, comment allez-vous ?

– Bien, maintenant. Vous ne me prenez pas le pouls ? La vedette sourit à nouveau et se redressa un peu sur le lit ; assez pour montrer une opulente poitrine et une chemise de nuit lilas couverte de dentelles.

– Ce ne serait pas une mauvaise idée, mais après, le monsieur qui est dans le cabinet va râler.

– Vraiment ? fit-elle, et elle se remit dans les draps en regardant fixement la porte des toilettes.

Héctor s'approcha, baisa la main abandonnée sur le lit, et repoussa le lit jusqu'à l'imbriquer dans le fauteuil, créant un double système de renforcement contre la porte de la salle de bains.

– Ce fut un plaisir, j'espère vous revoir bientôt sur scène, dit le docteur Shayne qui, enlevant sa blouse, redevint monsieur Belascoarán.

Les hommes qui avaient déclenché cette folie étaient morts. Les femmes, Melina, Márgara, ne savaient rien. Eux seuls pouvaient fournir des explications. Expliquer le rapport entre Zorak et les Faucons et pourquoi leur histoire, interrompue par la rupture d'un cable d'hélicoptère, avait ressurgi du passé. Expliquer à Héctor ce qu'il venait faire là-dedans. Et puis eux seuls pouvaient le tuer, d'ailleurs ils s'y appliquaient. Était-ce une course contre la montre ? Il devait le savoir avant de se faire tuer. C'était une foutue curiosité mexicaine malsaine, l'envie d'être au courant, de savoir, d'y mettre le nez avant la fin. Il avait peur, très peur.

Afin de pouvoir penser à l'abri, il était entré chez le coiffeur. Au dehors, une violente averse tombait sur les voitures. Héctor essaya de reprendre l'histoire depuis le début, après avoir convaincu le coiffeur de ne pas lui faire la boule à zéro.

Les amis de Zorak étaient trois conspirateurs qui connaissaient certainement les relations de leur ancien chef avec les Faucons, et les motifs de leur mort se trouvaient là, dans un cabaret minable, dans une menuiserie installée sur une terrasse et Dieu sait où (où le Capitaine Perro travaillait-il ?), quand quelque chose les avait fait sauter, puis on les avait fait sauter à leur tour. Entre cette première découverte et leur métamorphose en cadavres, Héctor entrait en scène. Quelque chose les reliait d'une manière ou d'une autre. Supposons (supposa Héctor en allumant une cigarette sous le regard noir du coiffeur qui avait un préjugé contre les clients qui fumaient en se faisant couper les cheveux) qu'ils décident tous trois d'engager un détective pour approfondir quelque chose qu'ils ont découvert, compléter quelque chose qu'ils ont trouvé, et qu'ils décident de m'engager. L'un d'eux est chargé de le faire, mais un troisième va corner ça aux oreilles des assassins de Zorak (le Capitaine Perro peut-être, le dernier à mourir, celui qui avait fui le détective lors de leur brève rencontre au cabaret), alors on coupe la gorge aux deux autres et on le menace, lui qui est sûrement déjà impliqué dans l'affaire.

Cela pouvait être l'explication de départ. Mais que savaient les trois hommes ?

Une peur nouvelle monta en lui. La peur de ne pas savoir, la peur de mourir comme un con.

Le Capitaine Perro était agent commercial pour des laboratoires pharmaceutiques et vivait dans un appartement miteux et froid, un deuxième étage que les forces du mal semblaient avoir laissé sans surveillance. Lorsque Héctor ressortit, la nuit était tombée et il n'en savait pas davantage qu'en entrant ; à moins que cela ne serve à quelque chose de savoir que le Capitaine Perro s'appelait Fernando Durero Martínez, et qu'il avait gagné son surnom au cours de la contre-attaque des élèves de première année d'une école d'ingénieurs contre ceux qui voulaient les bizuter en leur coupant les cheveux, en 1975. Héctor marcha d'un pas rapide, cherchant la bouche de métro. Il avait maintenant un problème supplémentaire, celui de trouver un endroit où dormir ; il éprouvait une sensation nouvelle, celle d'avoir un oiseau qui volait sur ses épaules, comme une ombre, un nuage, un battement d'ailes qui marquait les terminaisons nerveuses de la peau à proximité de la colonne vertébrale. Ça et le froid. Il se sentait sans entrain, et les trois tablettes de chocolat qu'il engloutit dans une confiserie du métro ne résolurent rien.

Il écarta le domicile de ses frère et sœur, le bureau, et l'appartement de la fille à la queue de cheval parce qu'il ne voulait pas attirer l'oiseau de la mort sur les gens qu'il aimait.

Il descendit à la station Zócalo et après avoir traîné un moment entre les fresques murales et les maquettes du vieux centre-ville de Mexico, il sortit dans la lumière des néons et les décorations de Noël. Ils étaient tous pressés, nous étions tous pressés, se dit Héctor, et il se dirigea vers nulle part.

Dans les fuites, le problème majeur est la perte du sens commun, qui est remplacé par l'instinct ; instinct qui s'émousse au point de se transformer en un réflexe maladroit qui entraîne les pieds d'un bout à l'autre de la ville. Aussi Héctor dut-il faire un double effort pour se reprendre et remettre sa tête en état de marche. Il devait non seulement s'échapper, mais aussi repousser la rencontre et la peur. Dans une ville de quatorze millions d'habitants, les assassins, quels que soient leur nombre et les moyens dont ils disposaient, ne pourraient jamais le retrouver s'il ne le voulait pas. Il décida alors qu'il pouvait bien être un vendeur d'assurances qui se promenait sur le Zócalo, ou...

Ce fut alors que lui parvint la lumière, l'inspiration, la magie. Il fallait renverser les rôles, il allait prendre la chasse en main. Puisqu'ils finiraient par le tuer, il devait foncer, faire sauter la banque. Une fois sa décision prise, au milieu des lumières du Palacio Nacional, de l'illumination de la cathédrale et avec les mètres carrés de pierre froide et solitaire du Zócalo de la ville de Mexico pour témoins, Héctor Belascoarán Shayne, détective, passa à l'offensive. La dernière chose qui lui importait désormais était de savoir où il allait passer la nuit. Et il la passa à une veillée d'armes, comme un chevalier dans l'attente du dragon, veillant ses armes dans les rues solitaires, les culs-de-sac, les *taquerías* ouvertes jour et nuit, les VIP et les Sanborn's[1], les stations de taxi devant les hôtels et les bouillons de Mixcoac contre la gueule de bois, les quartiers chauds derrière San Juan de Letrán, et les cabarets minables de la colonia Obrera. Marcher, veiller les armes, laisser le sommeil se déposer dans un recoin secret de sa tête qui préparait sans relâche l'offensive.

Ils sortaient toujours par Pedro Antonio de los Santos, utilisaient la porte arrière des bureaux peut-être à cause des facilités de stationnement. Après deux jours d'observation avec des jumelles Zeiss achetées à prix d'or au mont-de-piété, il pouvait à peu près établir leurs itinéraires. La majorité des ex-Faucons arrivaient par groupes de deux ou trois, aux premières heures de la matinée (entre neuf heures et demie et dix heures et

---

1. Chaînes de restaurants. *(N.d.T.)*

demie environ) et sortaient pour revenir vers six heures du soir. Le chef de la sécurité (le commandant Sánchez) devait être un homme d'une cinquantaine d'années, les cheveux gris, qui arrivait dans une voiture noire. Mais celui qui l'intéressait vraiment, le capitaine Estrella, se déplaçait toujours accompagné de deux ou trois gardes du corps dans une Ford Falcon rouge, l'un d'entre eux portant un fusil enveloppé dans un morceau de tissu qu'il plaçait sous le siège du passager.

L'attitude des subordonnés, le bureau du premier étage qu'il pouvait parfois observer à travers les vitres sales, leurs arrivées spectaculaires dans la voiture rouge, le marquaient. C'était bien l'homme d'Héctor.

– Quoi de neuf, docteur, on voit quelque chose ? demanda le crasseux propriétaire des lieux.

Au cours de ces deux jours d'observation incessante, Héctor était devenu l'ombre de lui-même. Sa barbe avait poussé, ses vêtements ressemblaient à du carton bouilli qui se serait déchiré à chaque mouvement, il avait les fesses talées, et un tic agitait son œil sain toutes les trente secondes.

– La routine, mon vieux.

– Et les filles, elles sont bonnes ?

– Comme toujours.

Il avait eu la chance de trouver du premier coup un poste d'observation. Il était entré dans une maison de l'autre côté de l'avenue, tout simplement, avait choisi un appartement au troisième étage dont la fenêtre devait donner sur la rue, frappé et s'était trouvé nez-à-nez avec un de ses concitoyens, sale, éternel étudiant en architecture entretenu par sa famille (originaire de Coahuila, qui lui versait manifestement une pension pour s'en débarrasser), qui lui avait dit : entrez. Héctor s'était présenté, avait souri, expliqué qu'il devait procéder à une observation importante. L'autre avait demandé : « combien de jours ? ». Héctor avait répondu deux au minimum, ils avaient échangé un sourire et la discussion avait été close. Il avait hérité d'un pieux crasseux lui aussi, et l'attente était même rendue plus agréable par un disque des Doors qui jouait *The End*.

Il planquait entre les relents de marijuana qui imprégnaient les murs et les invitations à manger du raisin (la famille de Coahuila semblait avoir convaincu son rejeton de ne pas venir passer les fêtes de Noël à la maison, de rester à Mexico pour préparer ses examens, et lui avait envoyé deux cageots du raisin du pays pour acheter son absence). Le susnommé conclut que l'enquête du détective avait quelque chose à voir avec un conflit matrimonial, parce que la seule fois où ce dernier lui emprunta ses Zeiss (remarquables, docteur, remarquables) il avait tranquillement observé à la jumelle les fesses d'une secrétaire des bureaux du métro montée sur un escabeau, en train de ranger des dossiers. En conséquence, il fumait de la marijuana et préparait ses examens, demandant de temps en temps un peu d'argent à Héctor pour ses besoins les plus quotidiens, auxquels le détective subvenait sans discuter (docteur, un diego pour les petits pains ; docteur, cent trente et un pesos pour compléter les quatre-vingt-sept centavos de la note d'électricité ; docteur, onze pesos pour vos boissons, et six pour les miennes).

Héctor finit de consigner ses notes dans son carnet. Il ne lui manquait qu'un élément, la fuite. Le deuxième jour de surveillance s'achevait, et les yeux du détective pleuraient moitié à cause de la tension, moitié à cause de la quantité de saloperies qui saturaient l'air au-dessus de la chaussée à toute heure du jour.

– Vous savez, docteur, aujourd'hui vous n'allez pas

pouvoir utiliser le pieu, je fais une java, il y aura des filles et de l'alcool.

– Vous fêtez quelque chose ?

– La fin des examens.

– Quoi, c'est déjà fini ?

– Non, j'arrête de les passer.

– Et l'eau ?

– Pas de nouvelles.

Il n'y avait plus d'eau à l'appartement depuis des semaines, mais à ce stade de son idée fixe, Héctor était au-delà de l'eau et de l'hygiène. Il avait même consenti à manger une douzaine de grappes de raisin poisseux de Coahuila. Maintenant, il avait besoin de résoudre le problème de la fuite.

– Dites, vous pouvez inviter une de mes amies à votre fête ?

– Avec plaisir, docteur, ça fait vingt centavos pour le téléphone, quatre-vingts pesos pour la bouteille, et dix pour des petits pains.

Héctor sortit quatre-vingt-dix pesos et vingt centavos.

– Donnez-moi le numéro et le message.

Héctor lui donna le numéro de téléphone de la fille à la queue de cheval et un message crypté. Il était peu probable qu'on l'intercepte.

À huit heures et demie du matin, la bouche de la station de métro Juanacatlán était assaillie par des milliers de concitoyens, le trafic redoublait par vagues qui laissaient derrière elles une écume sale de fumée grisâtre, des papiers que les voitures déplaçaient d'un côté à l'autre, des coquilles de graines de tournesol, de la terre. Portant des verres foncés qui masquaient la vision immobile de l'œil mort, Héctor traversa la rue en esquivant les voitures, fit cent mètres en direction du nord et attendit au coin de la rue. Moins de cinq minutes plus tard, la voiture rouge passa sur la troisième voie et chercha à se garer devant les bureaux. Héctor monta dans un bus et observa les passagers. Il sortit son pistolet, l'appliqua sur la tempe du chauffeur et dit :

– S'il te plaît, vieux, pousse un peu la voiture rouge qui est garée là.

L'impact fut direct, une des portes se plia à l'intérieur comme une vieille boîte de conserves. Le chauffeur, peut-être à cause de la pression du pistolet sur sa tempe ou simplement par plaisir de rentrer sans problèmes dans un véhicule, avait exagéré la conscience professionnelle.

Héctor sauta de l'autobus. Le copilote de la Ford Falcon rouge sautait par la porte avant, un fusil entre les mains. Héctor tira sans viser et le manqua, paya son erreur en se voyant contraint à se jeter à terre tandis que la double décharge de fusil volait au-dessus de lui en faisant exploser un stand de hot dogs, tuant le vendeur. Il fit feu à deux reprises et toucha l'homme au fusil à la jambe. De l'autre côté du véhicule, le capitaine Estrella et un de ses hommes d'armes sortaient en se traînant. Héctor recula et s'élança dans la rue. Une Renault freina à ses côtés et la portière s'ouvrit. Héctor se laissa tomber sur le siège arrière. La voiture démarra sur les chapeaux de roues, la porte se ferma sous son propre poids.

– J'ai cru que tu ne viendrais pas, dit le détective à la fille à la queue de cheval.

Maintenant tout dépendait de la rapidité et la voiture prit l'avenue Revolución en direction du sud à plus de quatre-vingt-dix à l'heure. Par la vitre arrière, Héctor observa le chaos qu'il avait laissé derrière lui. Ils allaient mettre au moins dix minutes à se réorganiser. Heureusement, la circulation vers le sud n'était pas trop dense. La fille le laissa à la station de métro Tacubaya et lui sourit. Au moment où elle allait redémarrer, Héctor lui demanda :

– Tu veux qu'on se marie ?

Elle l'observa un moment. Héctor sortit un ticket de métro de sa poche et plongea dans l'abîme suburbain. Le sort accompagna de nouveau la manœuvre. La ligne qui allait vers le nord passa quelques secondes après l'arrivée du détective sur le quai. Et sept minutes après avoir quitté la station Juanacatlán, il y revenait maintenant par la voie souterraine. Il pénétra dans les bureaux de la station. La rumeur de la rue continuait à se faire entendre. Il monta jusqu'au deuxième étage en ne croisant que deux secrétaires qui descendaient l'escalier en courant, et entra dans les bureaux du capitaine Estrella, sortit son pistolet, tira une chaise devant la porte et s'assit pour l'attendre.

12

La lumière du matin éclairait une sorte de grand désert.

Guillermo Prieto

Convenons que la mort est toujours le phénomène le plus actuel.

Tomas Meabe

Héctor poussa violemment la porte et le capitaine Estrella alla s'affaler sur sa chaise en entraînant des objets posés sur son bureau. Quand il se retourna pour regarder son agresseur, le détective avait doucement refermé la porte et pointait son automatique sur une cible située à deux centimètres au-dessus du bout de son nez.

– Bonjour, capitaine.

Estrella ferma à demi les yeux qui se muèrent en deux fines rainures dans de l'acier chauffé à blanc ; il ne poussa pas d'exclamation de surprise et se borna à masser l'épaule endolorie qui avait buté contre le bureau.

– Je suppose que vous voulez un renseignement,

jeune homme. Vous n'avez qu'à demander. De toute façon, vous allez mourir bientôt ; mieux, vous êtes déjà un cadavre.

– Ah, heureusement que vous me le dites, parce qu'à ce compte-là, nous sommes tous deux des cadavres, et nous pouvons converser comme des défunts.

Estrella s'était tu. Le soleil du matin entrait dans le bureau, lui donnant l'aspect d'un grand désert. Héctor se gratta la cicatrice au-dessus de l'œil mort avec l'index de la main gauche. Il resta silencieux quelques instants. Il avait une envie terrible de quitter la pièce, de s'en aller, de ne jamais revenir, de sortir de toute cette histoire.

– Pourquoi voulez-vous me tuer ?

– Parce que pour votre malheur, ces abrutis vous ont mêlé à l'affaire.

– Les amis de Zorak ?

– Ne me dites pas que tout ceci est un malentendu. Ne me dites pas ça, dit Estrella, et les deux fentes derrière lesquelles brillaient de petits yeux porcins s'entrouvrirent afin de composer avec la bouche une grimace qui voulait être un sourire. Héctor pensa qu'il avait commis une erreur. Il avait devant lui l'homme qui possédait les réponses, et il ne savait que lui demander, comment les lui extirper. Comme toujours lorsqu'il ne savait pas quoi faire, il prit une cigarette et l'alluma, garda la fumée dans ses poumons aussi longtemps qu'il put puis la rejeta lentement par le nez.

– Le Capitaine Perro m'avait dit que ces types l'avaient engagé, et je l'ai cru. Non, Estrella, ça ne marche pas comme ça, dit le capitaine en secouant la tête. Voyez le nombre d'hommes à moi que vous avez descendus pour un simple malentendu. J'étais même étonné que vous n'ayez pas visé plus haut.

Héctor commença à se dire que ce qu'il avait de mieux à faire était d'appuyer sur la gâchette et de quitter les lieux en tirant de tous les côtés et sur tout le monde.

– Zorak était un pauvre mage de cirque, mon cher, et ses assistants trois pauvres types qui se sont retrouvés sans boulot ni prestige du jour au lendemain, quand le câble de l'hélicoptère a pété, alors ils ont gambergé pendant des jours avant de penser qu'ils avaient trouvé un os, sauf que c'était le mien, et moi, je ne me laisse mordre par aucun chien errant. Dommage qu'ils vous aient entraîné dans cette histoire, cela m'aurait fait économiser du temps et des hommes si j'avais pu intervenir avant qu'ils vous aient balancé le premier cadavre...

Héctor se leva et marcha sur Estrella. Le visage du capitaine s'altéra et il lut de la peur dans ses yeux. Il lui donna un coup sec sur la tempe avec le canon de son arme, un mince filet rouge apparut lorsque la peau s'ouvrit, tandis que le visage accusait le choc.

– C'est pas des façons de parler des gens, il ne faut pas être aussi salaud, capitaine, dit le détective.

– Ça va, ne vous énervez pas, dit Estrella qui toucha la fine blessure avec ses doigts et observa les gouttes de sang.

Héctor frappa au même endroit, le capitaine étouffa un cri. Une lumière irréelle envahissait la pièce. Sans cesser de viser l'homme qui se protégeait le visage avec les mains, Héctor se pencha à la fenêtre. La circulation augmentait, mais on n'entendait pas les bruits, ni les klaxons, les moteurs, les bavardages, ou les jantes qui crissaient sur l'asphalte.

Le bruit du tiroir qui s'ouvrait fit se retourner Héctor. Le capitaine avait une arme à la main. Héctor tira presque en même temps que le capitaine ; sa balle se brisa sur le front de l'homme, tandis que celle d'Estrella frôlait celui d'Héctor et sortait par la fenêtre en faisant voler les vitres en éclats.

Le sang qui perlait suite à ce frôlement obscurcit son œil sain. Héctor essaya de l'essuyer du revers de la main. Avec la chaise métallique sur laquelle il s'était assis, il brisa la grande fenêtre. Le bruit de la rue se mêla aux cris qui provenaient de derrière la porte. Il sortit sur la corniche et se laissa glisser, se coupa à la main gauche sur l'un des morceaux de verre et resta un instant suspendu en l'air ; la rue l'accueillit trois mètres plus bas. Il se releva, une douleur sourde montait le long de sa jambe. En boitant, il essaya de courir vers le bruit d'une motocyclette que la fille à la queue de cheval avait mise en marche. Il ne voyait rien, le sang coulait sur son œil valide. Derrière lui, il entendit deux coups de feu et sentit l'une des balles produire des étincelles sur l'asphalte, à un mètre de l'endroit où il se trouvait. Autour de lui, les gens qui allaient entrer dans le métro couraient, affolés. Parmi les ombres, une main amicale le prit par l'épaule, lui enfonça les doigts dans la clavicule en l'aidant à grimper sur la moto. Il s'accrocha au corps familier et sentit l'inertie de la secousse au démarrage. L'espace de quelques secondes interminables, le temps de partir, sa colonne vertébrale attendit la balle qui ne vint pas. Puis il laissa tomber sa tête sur le dos de la fille, tachant de sang son blouson en nylon blanc.

La moto prit Revolución en zigzaguant entre les voitures. Du revers de la main, Héctor tenta d'essuyer le sang qui l'empêchait de voir de son œil sain ; les cheveux avaient formé un pansement autour de la blessure, qui piquait comme une brûlure. Héctor se rendit compte qu'il avait encore le pistolet à la main tandis que la moto s'engageait dans le réseau de ruelles de

Mixcoac. Il le rangea dans son blouson et embrassa la fille derrière l'oreille.

– Ça va ? J'ai eu très peur, cria-t-elle.

– Bien, je vais bien, je suis un malentendu, dit Héctor en couvrant le bruit du moteur.

– Un quoi ?

– Un putain de malentendu.

Elle avait essayé de l'emmener chez elle, mais le détective éprouvait pour les soins médicaux une prédilection qui remontait à l'enfance, et ils échouèrent dans l'arrière-boutique d'une pharmacie de la colonia Santa Fe, inventèrent un accident et firent recouvrir la blessure de gaze et de sparadrap. Il attachèrent la moto à un réverbère et marchèrent jusqu'à un parc rachitique et poussiéreux, celui d'un quartier prolétaire où l'eau n'abonde pas, les jardiniers chargés de l'entretien du D.F. non plus. Héctor boitait.

– Tu te rends compte ? Imagine que je retrouve le pilote de l'hélicoptère d'où Zorak est tombé, et qu'il ait un contrat pour travailler avec le futur gouverneur de Durango ou de Puebla, que ce type ait été à l'origine des Faucons et qu'il ne souhaite pas que l'histoire sorte au grand jour... ou qu'Estrella soit le cousin de Velázquez et qu'il ait été en train de les réorganiser pour lui servir de garde personnelle... Ou qu'ils aient constitué les forces privées du futur président...

– Ou qu'ils allaient travailler pour les nouveaux programmes pour enfants de Canal 13 et qu'ils ne voulaient pas voir leur passé remonter à la surface, dit la fille en souriant.

– C'est ça, tu vois. Estrella a dit que si j'avais su j'aurais visé plus haut... Il y a toujours plus haut. De toute façon, ils sont tous plus haut.

– Ils vont te tuer, dit-elle.

– Oui.

– Tu continues ?
– Je ne sais pas.

Au bout du parc, il y avait un stand de boissons. Héctor but d'un trait un jus de pamplemousse Titán. La fille lui jeta un regard réprobateur ; il était dans un état lamentable et buvait ces choses d'une douceur écœurante. Héctor ignora la critique et avala une deuxième boisson sans parvenir à desserrer sa gorge déshydratée qui s'obstinait à se refermer et l'étouffait.

Ils s'étaient donné rendez-vous devant le tribunal de Coyoacán pour se marier[1]. Héctor avait passé le reste de la matinée à déambuler dans des rues anonymes, trébuchant tout seul, laissant se dissiper, s'évader à travers ses pores sous la forme d'une sueur poisseuse, la tension accumulée dans la préparation de l'assaut des bureaux des services de sécurité du métro. Il flottait comme au milieu des nuages, du coton, en proie à une douleur qui s'étendait aux muscles, focalisée sur la jambe et la blessure au front. Il n'allait nulle part, l'affaire était close. Peut-être autant que les trois dernières années, où le rêve de l'ingénieur prospère s'était évanoui pour laisser place à celui du détective privé solitaire. Le rêve, la solitude, la ville étrangère à nouveau, dominée par l'impudeur du pouvoir, l'air vicié, pourri, de l'histoire récente. C'était inévitable. Trois ans plus tôt, Carlos avait eu raison de lui faire remarquer qu'on ne peut pas patiner au bord du système, qu'il fallait assumer, que les choses étaient ainsi. Mais n'était-ce pas ce qu'il avait fait ? N'avait-il pas pris parti ?

Le juge s'appelait Leoncio Barbadillo Suárez, et

1. Au Mexique, c'est le juge de paix qui préside aux mariages. *(N.d.T.)*

pour cinq cents pesos il consentit à sauter les formalités ennuyeuses et à considérer comme valables les analyses bidons qu'Héctor avait achetées à un kiosque à deux cents mètres du tribunal. Faute de témoins, en attendant la fille à la queue de cheval, Héctor recruta quatre participants à une excursion touristique qui passait par Coyoacán : un libraire de Gijón qui s'appelait Santiago Sueiras et des triplées (des chanteuses, à ce qu'il semblait), les Fernández.

Malgré ces préparatifs, elle ne vint pas.

13

Au point de mourir aussi, un jour peut-être... de solitude et de rage... de tendresse... ou d'un amour violent ; d'amour sans doute.

Alfredo Zitarrosa

Nous ne possédions rien. La ville était devenue étrangère. La terre que nous foulions ne nous appartenait plus. Ni le petit air coquin qui nous faisait relever le col de nos blousons à huit heures du soir, quand nous ne savions pas où aller, à quel saint nous vouer. Ni la ville ni ses bruits. Nous étions étrangers dans les ruelles éclairées tous les vingt-deux mètres par des vitrines et des lampadaires qui laissaient parfois des zones d'ombre ne permettant même pas de se cacher, balayées par les phares des automobiles. Cette nuit où rien ne nous appartenait et ne nous appartiendrait plus jamais. Le pays, la patrie, se refermait ; butin des vainqueurs de mauvais augure, de cynisme masqué dans la phrase à laquelle plus personne ne croyait et qui n'était formulée que pour respecter la coutume. Le pays renvoyait les vaincus dans les égouts, vers la nuit sans fin.

Marcher sans arrêt pour devancer la peur de

quelques heures. Marcher sans boussole, non pour arriver, mais pour ne jamais arriver.

Vierge des heures sans lumière, protège-nous, dame de la nuit, veille sur nous.

Veille sur nous, parce que nous ne sommes pas ce qu'il reste de pire à cette ville, et cependant nous ne valons pas grand-chose. Nous ne sommes pas d'ici, nous ne renonçons pas, et nous ne savons même pas aller de l'autre côté pour regretter de là-bas les rues et le soleil, les bananes pressées avec du lait et les tacos de grand-mère, le Zócalo[1] du 16 septembre et le diamant du stade Cuauhtémoc, les auberges de Canal Cuatro, dans cette foutue solitude qui nous tenaille et nous poursuit. Et cette putain de peur qui ne pardonne pas.

Les pas conduisent vers Bucareli, la zone saturée de lumière et de circulation, le bureau bruyant, les vieux meubles et les sensations anciennes. Terre dangereuse mais amie.

Quand il descendit du bus rue Artículo 123, la pluie redoublait. Il ne devrait pas pleuvoir en décembre.

Du magasin de disques du coin, s'échappait la musique des Platters, cet *Only You* des boums adolescentes, qui remplissait de magie les chambres des appartements de la classe moyenne, les cours de récréation crasseuses.

Il traversa la rue sous la pluie, sautant par-dessus des flaques, essayant d'y voir quelque chose au milieu des trombes d'eau qui lui tombaient dessus.

– Don Jelónimo, trois cafés et une douzaine de *donuts* à emporter.

– Ne m'appelez pas Jelónimo, répondit le Chinois.

---

1. Fête nationale de l'Indépendance, en souvenir du 16 septembre 1810. Le président de la République salue la foule massée sur la place du Zócalo, depuis le balcon du palais présidentiel. *(N.d.T.)*

Héctor lui dédia son plus beau sourire.

Pendant qu'on lui servait les cafés dans des tasses en plastique, deux voitures s'arrêtèrent sur Artículo 123, aux portes de l'immeuble de bureaux. Tournant le dos à la rue, Héctor paya les *donuts* et prit les tasses à café recouvertes par des serviettes (de toute façon, rien qu'en traversant la rue elles allaient se remplir d'eau), entassa comme un équilibriste les cafés et le sac contenant les *donuts* et sortit sous la pluie.

L'un des conducteurs aperçut Héctor pratiquement à l'instant où ce dernier sentait le danger parmi les ombres des automobiles noires agitées par la pluie. Le premier coup de feu passa à un mètre de son visage, faisant voler en éclats la devanture du café des Chinois, et traversa le bras d'un cireur de chaussures entré là pour se protéger de l'averse.

Héctor jeta les *donuts* par terre, dégaina et commença à tirer en courant en diagonale par-dessus les flaques.

Son deuxième tir perfora le crâne de l'un des Faucons qui essayait de sortir de son véhicule en évitant une flaque.

Il courut en continuant à tirer. Il fit mouche à nouveau dans la jambe d'un Faucon qui sortait de l'immeuble. Il allait se mettre à couvert derrière l'armature métallique du kiosque à journaux quand une décharge de fusil le toucha à mi-corps, le projetant en l'air, déchiré, brisé.

Quand il retomba dans la flaque, il était presque mort. Sa main plongea dans l'eau sale et tenta de saisir, de retenir quelque chose, de l'empêcher de s'en aller. Puis elle s'immobilisa. Un homme s'approcha et lui piétina le visage à deux reprises. Ils remontèrent en voiture et s'éloignèrent.

La pluie continuait à tomber sur le corps d'Héctor Belascoarán Shayne.

Rivages/noir

Joan Aiken
Mort un dimanche de pluie (nº 11)
Robert Edmond Alter
Attractions : Meurtres (nº 72)
Jean-Baptiste Baronian
Le Tueur fou (nº 202)
Marc Behm
La Reine de la nuit (nº 135)
Trouille (nº 163)
À côté de la plaque (nº 188)
Et ne cherche pas à savoir (nº 235)
Tonino Benacquista
Les Morsures de l'aube (nº 143)
La Machine à broyer les petites filles (nº 169)
Pieke Biermann
Potsdamer Platz (nº 131)
Violetta (nº 160)
Battements de cœur (nº 248)
Michael Blodgett
Captain Blood (nº 185)
Paul Buck
Les Tueurs de la lune de miel (nº 175)
Edward Bunker
Aucune bête aussi féroce (nº 127)
La Bête contre les murs (nº 174)
La Bête au ventre (nº 225)
James Lee Burke
Prisonniers du ciel (nº 132)
Black Cherry Blues (nº 159)
Une saison pour la peur (nº 238)
Le Bagnard (nº 272)
W.R. Burnett
Romelle (nº 36)
King Cole (nº 56)
Fin de parcours (nº 60)
Jean-Jacques Busino
Un café, une cigarette (nº 172)
Dieu a tort (nº 236)

George Chesbro
Une affaire de sorciers (nº 95)
L'Ombre d'un homme brisé (nº 147)
Bone (nº 164)
La cité où les pierres murmurent (nº 184)
Les Cantiques de l'Archange (nº 251)
Les Bêtes du Walhalla (nº 252)

Andrew Coburn
Toutes peines confondues (nº 129)

Michael Collins
L'Égorgeur (nº 148)
Rosa la Rouge (nº 267)

Robin Cook
Cauchemar dans la rue (nº 64)
J'étais Dora Suarez (nº 116)
Vices privés, vertus publiques (nº 166)
La Rue obscène (nº 200)
Quand se lève le brouillard rouge (nº 231)
Le Mort à vif (nº 241)
Bombe surprise (nº 260)

Peter Corris
La Plage vide (nº 46)
Des morts dans l'âme (nº 57)
Chair blanche (nº 65)
Le Garçon merveilleux (nº 80)
Héroïne Annie (nº 102)
Escorte pour une mort douce (nº 111)
Le Fils perdu (nº 128)
Le Camp des vainqueurs (nº 176)

Hélène Couturier
Fils de femme (nº 233)

James Crumley
Putes (nº 92)

Mildred Davis
Dark Place (nº 10)

Jean-Paul Demure
Milac (nº 240)

Pascal Dessaint
La vie n'est pas une punition (nº 224)
Bouche d'ombre (nº 255)

Thomas Disch/John Sladek
Black Alice (nº 154)

Wessel Ebersohn
La Nuit divisée (n° 153)
Coin perdu pour mourir (n° 193)
Le Cercle fermé (n° 249)

Stanley Ellin
La Corrida des pendus (n° 14)

James Ellroy
Lune sanglante (n° 27)
À cause de la nuit (n° 31)
La Colline aux suicidés (n° 40)
Brown's Requiem (n° 54)
Clandestin (n° 97)
Le Dahlia noir (n° 100)
Un tueur sur la route (n° 109)
Le Grand Nulle Part (n° 112)
L.A. Confidential (n° 120)
White Jazz (n° 141)
Dick Contino's Blues (n° 212)

Howard Fast
Sylvia (n° 85)
L'Ange déchu (n° 106)

Kinky Friedman
Meurtre à Greenwich Village (n° 62)
Quand le chat n'est pas là (n° 108)
Meurtres au Lone Star Café (n° 151)
Le Vieux Coup de la sauterelle (n° 197)
Elvis, Jésus et Coca-Cola (n° 264)

Samuel Fuller
L'Inexorable Enquête (n° 190)
La Grande Mêlée (n° 230)

Barry Gifford
Port Tropique (n° 68)
Sailor et Lula (n° 107)
Perdita Durango (n° 140)
Jour de chance pour Sailor (n° 210)
Rude journée pour l'homme-léopard (n° 253)

David Goodis
La Blonde au coin de la rue (n° 9)
Beauté bleue (n° 37)
Rue Barbare (n° 66)
Retour à la vie (n° 67)
Obsession (n° 75)

James Grady
Le Fleuve des ténèbres (n° 180)
Tonnerre (n° 254)

Russell H. Greenan
Sombres Crapules (nº 138)
La Vie secrète d'A. Pendleton (nº 156)
C'est arrivé à Boston ? (nº 205)
La Nuit du jugement dernier (nº 237)
Un cœur en or massif (nº 262)

Joseph Hansen
Par qui la mort arrive (nº 4)
Le petit chien riait (nº 44)
Un pied dans la tombe (nº 49)
Obédience (nº 70)
Le Noyé d'Arena Blanca (nº 76)
Pente douce (nº 79)
Le Garçon enterré ce matin (nº 104)
Un pays de vieux (nº 155)
Le Livre de Bohannon (nº 214)

John Harvey
Cœurs solitaires (nº 144)
Les Étrangers dans la maison (nº 201)
Scalpel (nº 228)
Off Minor (nº 261)

George V. Higgins
Les Copains d'Eddie Coyle (nº 114)
Le Contrat Mandeville (nº 191)
Le Rat en flammes (nº 243)

Tony Hillerman
Là où dansent les morts (nº 6)
Le Vent sombre (nº 16)
La Voie du fantôme (nº 35)
Femme-qui-écoute (nº 61)
Porteurs-de-peau (nº 96)
La Voie de l'Ennemi (nº 98)
Le Voleur de temps (nº 110)
La Mouche sur le mur (nº 113)
Dieu-qui-parle (nº 122)
Coyote attend (nº 134)
Le Grand Vol de la banque de Taos (nº 145)
Les Clowns sacrés (nº 244)

Chester Himes
Qu'on lui jette la première pierre (nº 88)

Dolores Hitchens
La Victime expiatoire (nº 89)

Geoffrey Homes
Pendez-moi haut et court (nº 93)
La Rue de la femme qui pleure (nº 94)

Dorothy B. Hughes
Et tournent les chevaux de bois (n° 189)
Chute libre (n° 211)

William Irish
Manhattan Love Song (n° 15)
Valse dans les ténèbres (n° 50)

William Kotzwinkle
Midnight Examiner (n° 118)

Jonathan Latimer
Gardénia rouge (n° 3)
Noir comme un souvenir (n° 20)

Michel Lebrun
Autoroute (n° 165)
Le Géant (n° 245)

Elmore Leonard
ZigZag Movie (n° 220)
Maximum Bob (n° 234)

Bob Leuci
Captain Butterfly (n° 149)

Ted Lewis
Le Retour de Jack (n° 119)
Sévices (n° 152)
Jack Carter et la loi (n° 232)
Plender (n° 258)

Richard Lortz
Les Enfants de Dracula (n° 146)
Deuil après deuil (n° 182)
L'Amour mort ou vif (n° 206)

John D. Mac Donald
Réponse mortelle (n° 21)
Un temps pour mourir (n° 29)
Un cadavre dans ses rêves (n° 45)
Le Combat pour l'île (n° 51)
L'Héritage de la haine (n° 74)

John P. Marquand
Merci Mr Moto (n° 7)
Bien joué, Mr Moto (n° 8)
Mr Moto est désolé (n° 18)
Rira bien, Mr Moto (n° 87)

Richard Matheson
Échos (n° 217)

Helen McCloy
La Somnambule (n° 105)

William McIlvanney
Les Papiers de Tony Veitch (nº 23)
Laidlaw (nº 24)
Big Man (nº 90)
Étranges Loyautés (nº 139)

Marc Menonville
Jeux de paumes (nº 222)
Walkyrie vendredi (nº 250)

Ronald Munson
Courrier de fan (nº 226)

Tobie Nathan
Saraka bô (nº 186)
Dieu-Dope (nº 271)

Jim Nisbet
Les damnés ne meurent jamais (nº 84)
Injection mortelle (nº 103)
Le Démon dans ma tête (nº 137)
Le Chien d'Ulysse (nº 161)
Sous le signe du rasoir (nº 273)

Kyotaro Nishimura
Petits crimes japonais (nº 218)

Jack O'Connell
B.P. 9 (nº 209)

Liam O'Flaherty
L'Assassin (nº 247)

Jean-Hugues Oppel
Brocéliande-sur-Marne (nº 183)
Ambernave (nº 204)
Six-Pack (nº 246)

Abigail Padgett
L'Enfant du silence (nº 207)
Le Visage de paille (nº 265)

Hugues Pagan
Les Eaux mortes (nº 17)
La Mort dans une voiture solitaire (nº 133)
L'Étage des morts (nº 179)
Boulevard des allongés (nº 216)
Last Affair (nº 270)

Bill Pronzini
Hidden Valley (nº 48)

Bill Pronzini/Barry N. Malzberg
La nuit hurle (nº 78)

Michel Quint
Billard à l'étage (n° 162)
La Belle Ombre (n° 215)
Le Bélier noir (n° 263)

Diana Ramsay
Approche des ténèbres (n° 25)
Est-ce un meurtre ? (n° 38)

Philippe Setbon
Fou-de-coudre (n° 187)
Desolata (n° 219)

Roger Simon
Le Clown blanc (n° 71)
Génération Armageddon (n° 199)

Pierre Siniac
Les mal lunés (n° 208)
Sous l'aile noire des rapaces (n° 223)
Démago Story (n° 242)
Le Tourbillon (n° 256)

Les Standiford
Pandémonium (n° 136)
Johnny Deal (n° 259)

Richard Stark
La Demoiselle (n° 41)
La Dame (n° 170)

Richard Stratton
L'Idole des camés (n° 257)

Vidar Svensson
Retour à L.A. (n° 181)

Paco Ignacio Taibo II
Ombre de l'ombre (n° 124)
La Vie même (n° 142)
Cosa fácil (n° 173)
Quelques nuages (n° 198)
À quatre mains (n° 227)
Pas de fin heureuse (n° 268)

Ross Thomas
Les Faisans des îles (n° 125)
La Quatrième Durango (n° 171)

Jim Thompson
Liberté sous condition (n° 1)
Un nid de crotales (n° 12)
Sang mêlé (n° 22)
Nuit de fureur (n° 32)

À deux pas du ciel (n° 39)
Rage noire (n° 47)
La mort viendra, petite (n° 52)
Les Alcooliques (n° 55)
Les Arnaqueurs (n° 58)
Vaurien (n° 63)
Une combine en or (n° 77)
Le Texas par la queue (n° 83)
Écrits perdus (1929-1967) (n° 158)
Le Criminel (n° 167)
Écrits perdus (1968-1977) (n° 177)
Hallali (n° 195)
L'Homme de fer (n° 196)
Ici et maintenant (n° 229)

Masako Togawa
Le Baiser de feu (n° 91)

Armitage Trail
Scarface (n° 126)

Marc Villard
Démons ordinaires (n° 130)
La Vie d'artiste (n° 150)
Dans les rayons de la mort (n° 178)
Rouge est ma couleur (n° 239)

Donald Westlake
Drôles de frères (n° 19)
Levine (n° 26)
Un jumeau singulier (n° 168)
Ordo (n° 221)
Aztèques dansants (n° 266)

Janwillem Van De Wetering
Comme un rat mort (n° 5)
Sale Temps (n° 30)
L'Autre Fils de Dieu (n° 33)
Le Babouin blond (n° 34)
Inspecteur Saito (n° 42)
Le Massacre du Maine (n° 43)
Un vautour dans la ville (n° 53)
Mort d'un colporteur (n° 59)
Le Chat du sergent (n° 69)
Cash-cash millions (n° 81)
Le Chasseur de papillons (n° 101)

Harry Whittington
Des feux qui détruisent (n° 13)
Le diable a des ailes (n° 28)

Charles Willeford
Une fille facile (n° 86)
Hérésie (n° 99)
Miami Blues (n° 115)
Une seconde chance pour les morts (n° 123)
Dérapages (n° 192)
Ainsi va la mort (n° 213)

Charles Williams
La Fille des collines (n° 2)
Go Home, Stranger (n° 73)
Et la mer profonde et bleue (n° 82)

Timothy Williams
Le Montreur d'ombres (n° 157)
Persona non grata (n° 203)

Daniel Woodrell
Sous la lumière cruelle (n° 117)
Battement d'Aile (n° 121)
Les Ombres du passé (n° 194)

Rivages/mystère

Charlotte Armstrong
Le Jour des Parques (n° 13)
L'Inconnu aux yeux noirs (n° 15)
Une dose de poison (n° 21)

Francis Beeding
La Maison du Dr Edwardes (n° 9)
La mort qui rôde (n° 12)
Un dîner d'anniversaire (n° 18)

Algernon Blackwood
John Silence (n° 8)

Jypé Carraud
Tim-Tim Bois-Sec (n° 22)

F.W Crofts
Le Tonneau (n° 24)

Amanda Cross
En dernière analyse (n° 23)

Mildred Davis
Crime et chuchotements (n° 14)
Passé décomposé (n° 16)
Un homme est mort (n° 20)

Michael Dibdin
L'Ultime Défi de Sherlock Holmes (n° 17)

John Dickson Carr
En dépit du tonnerre (n° 5)

William Kotzwinkle
Fata Morgana (n° 2)

Alexis Lecaye
Einstein et Sherlock Holmes (n° 19)

John P. Marquand
À votre tour, Mister Moto (n° 4)

Anthony Shaffer
Absolution (n° 10)

J. Storer-Clouston
La Mémorable et Tragique Aventure de Mr Irwin Molyneux (n° 11)

Rex Stout
Le Secret de la bande élastique (n° 1)
La Cassette rouge (n° 3)
Meurtre au vestiaire (n° 6)

Josephine Tey
Le plus beau des anges (n° 7)

Achevé d'imprimer en mars 1997
sur les presses de l'Imprimerie Hérissey
27000 Évreux
Dépôt légal : Avril 1997
Imprimeur : N° 76393